Gabriella Szohner

Tépett kendők

...fiat voluntas tua... Mt. 6;10

novum pro

www.novumpublishing.hu

Minden jog fenntartva, beleértve a mű film, rádió és televízió, fotómechanikai kiadását, hanghordozón és elektronikus adathordozón való forgalmazását, valamint kivonat megjelentetését, illetve az utánnyomását is.

Nyomtatva az Európai Unióban környezetbarát, klór- és savmentes, fehérített papírra.

© 2015 novum publishing

ISBN 978-3-99048-292-6
Lektor: Tömösvári Emese
Borítókép: Gabriella Szohner
Borító, tördelés & nyomda: novum publishing

www.novumpublishing.hu

is nevetésre bírja. Magas, nyúlánk termete, kisportolt felsőteste, izmos karja és férfiasan görbülő lábai különösen imponáltak, megszépítették az egyébként nem szép férfiarcot. Minden tekintetben férjének ellentéte volt, s ha Gina életének hiányait nem is pótolta, de sokat tett azért, hogy az asszony jobban érezze magát.
– El kell mennem. El akarok menni – hallotta saját józan hangját Gina. Aztán kissé lágyabban elmesélte Andrisnak, hogy válaszút előtt áll az élete. Vagy Andrissal, vagy nélküle, de mindenképpen válni fog, és szüksége van a távolságra, szüksége van szabad levegőre férje és lánya nélkül. Vigasztalta Andrist, gyorsan eltelik az egy hét, neki itt van a családja, itt vannak a fiai, egyet-kettőt alszik, és már minden a régi lesz. Megígérte, írni fog neki, ide az irodába, a kolléganő címére, aki hajlandó volt továbbítani üzenetét.

Nehezen váltak el egymástól, Andris erőszakosan csókolta meg Ginát, talán azért, hogy emlékezzen rá, míg távol lesz tőle.

Az asszony aztán nem gondolt sokat vele. Új, ismeretlen élmények izgatták, már az esti csomagolás és a kicsi lánya lefektetése közben sem tudott másra gondolni. Több helyről érkeznek majd a kollégák, lesz, aki már holnap reggel, lesz, aki csak este indul, hasonló beosztású, de számára ismeretlen emberek. Voltak, akikről már tudta, hogy jelen lesznek, de nem ismerte őket közelebbről. Azt nem tudta, mi vár rá, nyugtalanság is vegyült a kíváncsi izgalomba. Sok puszival búcsúzott lányától, akit a nagyszülők gondjaira bízott, s holnap majd ovi után mehet hozzájuk. Ebben biztos volt. Abban is biztos volt, hogy férje majd elviszi a lányukat. Abban már nem volt biztos, hogy Isti mit csinál a következő napokban, de nem is nagyon érdekelte.

Öt éve tartó, számára teljesen lehetetlen házasságához megfelelően búcsúzott a férjétől. Nem volt benne szeretet, ahogyan hozzábújt, nem volt benne veszteségérzés, nem volt benne semmi. Semmitmondó búcsúzás volt, rutinszerű és üres.

És most, ezen az estén, Andris nem volt a gondolataiban.

Másnap reggel szállt vonatra, és indult a továbbképzésre, amire már annyira vágyott. Nem is maga az anyag, a tartalom izgatta, hanem a szabadság, a kiszabadulás élménye, a tombolás lehetősége. Azt hitte, majd tisztába jön magával, ez idő alatt átértékeli az életét, az eddig megtörtént dolgok új megvilágításba kerülnek. Most úgy érezte, nem Isti a jövő, és a közeli jövőben talán nem is szerepel, de nem dobta el ezt a lehetőséget sem. Ki tudja? Talán. Andris csókjára gondolt, nyugalommal töltötte el, hogy a férfi nem ijedt meg attól, hogy ő válni akar.

Gina gondolataiba mélyedve ült a buszon, amikor egy fiatal lány szólította meg:
– Ne haragudj, te is Miskolcra utazol? Csak, mert látom a csomagokat, és gondoltam, hátha egyfelé vezet az utunk.
– Attól tovább – tért vissza gondolataiból Gina.
Beszédbe elegyedtek, és hamarosan kiderült, egyfelé, ugyanarra a rendezvényre tartanak. Krisztinek hívták a lányt. Alacsonyabb és láthatóan fiatalabb volt Ginánál, kínosan aprólékos módon foglalt helyet, majd csacsogott, csivitelt. Az út folyamán szinte mindent megtudtak egymásról, gyors barátságot kötöttek. Egy szobát kértek, még egy fiatal lány került hozzájuk, aki messzebbről érkezett.

A szállodában sokan voltak, valami módon azonban úgy alakították az elhelyezést, hogy abban az épületben, melyben Gináék is helyet kaptak, jobbára csak nők laktak, a férfiakat másik épületben szállásolták el. A két új barátnő el is csodálkozott azon, máris milyen sokan vannak, pedig még estére is vártak csoportokat, arról a vidékről is, ahonnan ők érkeztek.

Az első estére a teljes turnus érkezésére szervezték a nyitó estet. A hivatalos ceremónia lezajlása után élőzene szórakoztatta őket, lehetőséget nyújtva egy kis táncoláshoz annak, aki szerette. Az asztalokon finomabbnál finomabb, látványos hidegtálak csábították az éhes gyomrokat.

Gina számára minden új volt, nem győzte magába olvasztani a hatásokat. Rendkívül hálás volt a sorsnak, hogy legalább ezen az egy napon nem kellett gondolkodnia saját sorsán. Élvezte, hogy mások találják ki a történteket. Vacsoránál Krisztivel ültek az asztalnál, szobatársnőjük ismerősöket talált, velük töltötte az estét. Arról beszélgettek, valami kaját kellene hagyni a később érkezőknek, biztosan nagyon éhesek lesznek. Mindketten kíváncsiak voltak, kik jönnek még a területükről. Aztán kifogytak a témából. Mások már táncoltak, de őket nem hozta lázba a zene. Már-már unatkozni kezdtek, azt fontolgatták, felmennek a szobába, amikor valahonnan a tömegből előkerült egy zömök, mokány fiú, hátrafésült, gondosan beállított frizurájából egy tincs a szemébe lógott. Határozott léptekkel tartott Gina felé, s bár az asszony észrevette és megsejtette a fiú szándékát, megpróbált elnézni mellette.

– Táncolsz velem? – kérdezte Ginától, s míg ő zavarával küszködött, Kriszti kárörvendően kuncogott. Ez is idegesítette Ginát, s ha vonakodva is, de elindult az ismeretlen fiúval a táncparkett felé. Nem érezte jól magát ezzel az emberrel. Próbáltak beszélgetni, megismerni egymást, de az asszonyt valami taszította, s amikor a férfi keze elfogadhatatlan tájakra tévelygett a testén, érezte, hogy mennie kell. A másik azonban erősen tartotta, fogta a kezét, a derekát, táncuk inkább feszült dulakodáshoz hasonlított, és sokkal tovább tartott, mint Gina szerette volna. Úgy érezte, a sors kibabrált vele, és a zene sohasem fog elhallgatni. Fájdalmasan vágyott vissza a vacsoraasztalhoz, friss barátnője mellé, annál is inkább, mert látta, időközben sokan lettek ott, valószínűleg megérkezett a területi csoport. A partnere azonban nem engedte, s Ginának minden erejét és bátorságát össze kellett szednie, amikor egy váratlan pillanatot alkalmasnak érzett, és faképnél hagyta ezt a faragatlan tuskót. Amint az asztalhoz ért, felismerte a várt csoportot. Nagy sietségében éppen Tiha mellé keveredett, aki ugyanabban a házban, de tőle messzebb, egy másik irodában dolgozott.

– Szia, kedves! – köszöntötte őt, s még két puszit is odabigygyesztett Gina arcára jobbról és balról.

Gina csodálkozott volna ezen a gesztuson, de nem volt rá ideje, mert ekkorra utolérte őt a faképnél hagyott ifjú, dacosan megfogta a karját, és húzta maga után, mondván, nekik dolguk van még, és amit a nő tett vele, az igazán nem volt barátságos.

– Nem táncol! – hallotta Gina Tiha ellentmondást nem tűrő hangját.

A sértett kihúzta magát, kidüllesztette a mellét, nekifeszült, hogy elégtételt szerezzen, ekkor azonban még két férfi állt fel az asztal mellett, akiket Gina akkor látott először. Az egész jelenet pillanatokig tartott csupán, Gina még fel sem fogta mi történt, és már vége is volt. A jó messzire kívánt táncpartnere egy „oké" kíséretében elhagyta a körüket.

A félretett vacsorának nagyon örültek a fiúk. Különösen Nyurga, akit Gina most ismert meg, és látszott rajta, hogy hosszú volt a nap, kicsit ferdére vette már a tartását. Jókat nevettek, jót beszélgettek, és Gina úgy érezte, mintha ezer éve ismerné őket, különösen Tihát.

Annyit ugyan tudott róla, hogy családja van, két kicsi gyermek apja, évek óta dolgozik a területen, de sohasem futottak még úgy össze, hogy közelebbről is megismerjék egymást.

Ezért is volt különös az asszony számára a meleg üdvözlés és a védő, óvó magatartás, amit rögtön az első egymásba botlásuk során tapasztalt. Amikor már fogyóban volt a téma, a társaság táncolni készült. Krisztinát Kari kérte fel, egy szép arcú, férfinak nem magas, de éppen a lányhoz illő fiú, akivel szép párt alkottak.

Tiha Ginához fordult:

– Felkérhetlek?

Az asszonyban felélénkültek a kora este történtek, aggályoskodott.

– Tiha, még itt van az a fickó, akivel nem táncoltam, én nem akarok cirkuszt – húzódozott.

– Gyere nyugodtan, babám, nem lesz semmi baj, mindenkitől védve vagy, vigyáznak ránk – fogta erős kezébe Tiha az övét.

Gina akkoriban nem táncolt jól, nem sok buliban volt része addig, így megkínlódtak a kezdetekkel, különösen azért, mert Tiha táncstílusa utánozhatatlanul egyedi volt. Egyetlen valami volt biztos tánc közben, a keze. A keze, ami olyan erősen, olyan férfiasan fogta Gináét, hogy az asszony az addig soha nem érzett biztonságot sejtette meg. Nem úgy tartotta a kezét, mint ahogyan a tánciskolákban tanítják, ujjait Gina ujjai közé fűzte, kezük így nagyobb területen érintkezett, biztonságban tartotta a nőt akkor is, amikor az lépést tévesztett. És sokat tévesztett. Mert Tiha kezei, lábai, teste külön életet éltek tánc közben, sohasem lehetett kiszámítani a következő lépést, vagyis Ginának nem sikerült. Tiha ilyenkor megállt, félig görnyedt pózban, fejét hátrahajtotta, szemét becsukta, felső ajkának csücskét beszívta, jobb kezét, melyben Gina keze nyugodott, a magasba emelte, bal kezét ugyanígy oldalra nyújtotta, és várt. Talán csak egyetlen másodpercet, vagy egy újabb taktust a zenében, melyen újra tud indítani. Hosszú, szőkésbarna, természetes csigákba rendeződő haja ezekben a pillanatokban vállára omlott. Egyszer csak révületének vége szakadt, jobb kezének határozott leengedésével és maga elé tolásával indította újra az eltévesztett lépéssort. Nem tett szemrehányást, nem nézett csúnyán, talán még nem is gondolta, milyen béna táncpartnerre akadt Ginában, csak megállt, és várt. A jelenet az este folyamán sokszor megismétlődött, így Tiha keze, arca, teste, mozdulatai, gesztusai, révületei mélyen bevésődtek Gina lelkébe.

Tánc közben nem beszéltek sokat, nem is volt rá szükség. Valahogyan valahonnan ismerték egymást.

Az este hamar véget ért, Gina számára talán túl hamar, de értette: másnap indul a suli, és mindenkinek legalább elfogadható állapotban kell lennie. Krisztivel vánszorogtak felfelé a lépcsőn, fáradtak is voltak már: az utazást, az este történteket a legkisebb izmaikban is érezték.

Beszélgettek még. Kriszti a fiatal lányok „semmi se elég jó" állapotában panaszkodott a hajára, a ruhájára. Még vasalni akart a másnapi suli napra. Rendkívül rossz néven vette, hogy a vasalót nem adták a kezébe, a folyosó végére kellett menni érte. Aprólékos gonddal válogatta ki másnapi dolgait, s mire végre ágyba került, és kifészkelődte a helyét a párnák hatszori átrendezése után, Gina feszült lett, az egész este jó érzései távolra röppentek tőle. Arcát a két kezébe fogta, szemét becsukta, ne is lássa, mit kínlódik Kriszti. Próbált kislányára gondolni, de a lány magas rezonancián való prüszkölése minduntalan kilendítette egyensúlyából.

11

– Aludj már, holnap új nap lesz, majd másképp látod – horkant rá finoman, mert nem akarta megbántani. Arra gondolt, kellene ennek a lánynak egy fickó, aki lefoglalná, ne foglalkozna mindig magával. Majd akkor nem rohangálna minden kis ránc miatt a vasalóért. S míg kusza és bugyuta tervek szövögetésével foglalatoskodott, hogyan kellene Krisztinának párt találni, lassan álomba merült. Észre sem vette, reggel óta egyszer sem gondolt Andrisra.

Másnap elkezdődtek az előadások, amiről persze elkéstek, mert Kriszti nem tudott időben jól kinézni, ettől pedig nem tudott elindulni.

– Máris van egy fekete pontunk – súgta Gina, amikor az előadó kicsit szúrósan nézett feléjük.

„Csak nem küld haza" gondolta, lehajtotta mélyre a fejét, és láthatatlannak tűnve tottyant az üres székek valamelyikére

Magában füstölgött barátnője reggeli előadása miatt, és eltökélte, ebben a pár napban, ha törik, ha szakad, kiházasítja ezt a csajt, vagy legalábbis megszabadíttatja a lányságától. Bosszúból.

Miután így kifüstölögte magát, körülnézett a teremben. Ekkor vette észre Tihát, Karival és Nyurgával ült a terem másik oldalán, bőszen jegyzeteltek valamit. Ginához az előadás még nem jutott el, nem is értette, mit írhatnak. Tekintetét Tiha háta vonzotta, most legalább jól megnézhette magának világosban is. A férfi csípőjére széles övvel simult nadrágjának dereka, melybe hosszában szürke csíkos, fekete inge lezseren gyűrődött. Az ing nem a friss divatot mutatta, kicsit magasabb gallérja azonban kifejezetten jól állt Tihának, természetesen laza hajtincseit a gallér szétborzolta. Most az esti emlékeitől is magasabbnak látta, hosszú lábai nehezen férhettek el az asztal alatt, mert jócskán előrenyújtotta őket. Az arcát félig takarásban figyelte. Annyit megállapított, férfihoz képest világos a bőre. Arányos, kissé lányos arcára emlékezett estéről, zöldes-barna, de meleg szemére, keskenyebb szájára, mint ami Ginának a férfiakban tetszett, a homlokára, homlokába simuló hajtincsekre, szögletesebb állára, huncut, de kedves mosolyára. Gina megállapította, hogy kifejezetten csinos. Aztán megérkezett gondolataiból az előadáshoz, és ott is maradt egész délelőtt. Érdekelte a téma, figyelt és tanult.

Az ebédszünetben keveredett az esti csoport ismét össze, beszélgettek, kávéztak, előző továbbképzések emlékeit idézték, sztorizgattak. Gina még nem felejtette el reggeli tervét Krisztivel kapcsolatban. Eljátszott a gondolattal, keres egy alkalmas fiút. Feltűnt neki, hogy Kari bátortalanul kerülgeti a lányt, próbált közel kerülni hozzá. Kriszti ezt még nem vette észre. A kellemestől eggyel magasabb oktávon társalgott fesztelenül a többiekkel.

A fiúk kitalálták, hogy bár nem lenne szabad, de a vacsora után leléphetnének.

Van itt nem túl messze, de kívül a városon egy jó kis kocsma, este találkozhatnának ott, vette át a tervezést Nyurga.

– Ne menjünk együtt, ne legyen feltűnő, de kettes, hármas csoportban kilóghatnánk –folytatta.

– Nekünk már nem kellene több sár – válaszolta Gina –, mi már kihúztuk a gyufát reggel, és ha rájönnek, bajba kerülhetünk.

– Nem lesz baj, időben visszajövünk – bátorította a csapatot Kari, aki titokban azt remélhette, valamivel közelebb juthat Krisztihez.

Nem esett több szó az esti partiról, a délutánt külön csoportokban töltötték, vacsoráig még pihenhettek is egy kicsit. Vagyis pihenhettek volna, de Krisztina görög tragédia hősnőjéhez hasonlóan viselkedett: készülődése borzolgatta az idegeket. Legalább háromszor átöltözött, vasalt és fésülködött, festette magát és kesergett, „mennyivel másabb ez otthon".

– Mi lenne, ha randira készülnél? Egy ócska kocsmába megyünk, ki a világ végére, az utolsó falusi kutya se törődik azzal, mi van rajtad! – próbálta Gina összeszedni romokba hulló szobatársát, de az nem engedte magát, és csak nagy nehezen tudtak elindulni végre a vacsorához. A társaság többi tagját nem látták, nem is hiányolták, majd szépen lassan sétálva, mint akiknek csak ez a dolguk, elindultak, és kiléptek a jól megbeszélt helyen a kerítésen. Kriszti már csak kicsit sipákolt a vizes fű miatt.

13

– Basszus, te lány, mintha a gyerekem lennél – nevette el magát kínjában Gina –, csak ő nem ennyire hisztis.

Lassan értek a kocsmába, mégis hamar, mert a csoportból kevesen voltak még. Gináék helyet foglaltak egy üres asztalnál. Kicsit fura volt a kocsmaasztalnál a két fiatal nő, sem a falusiak, sem a szállodából jövők nem tudták, mit akarnak itt. Szerencsére nem sokáig voltak a szemek kereszttüzében, a csoport más tagjai is elkezdtek szállingózni. A megbeszélés szerint, kettes-hármas csoportokban érkeztek. A fiúk aztán hamar átrendezték a terepet, összetologatták az asztalokat, italokat rendeltek, helyet foglaltak, ki-ki a tetszése szerint. Kari Kriszti mellé ült, Gina legnagyobb örömére. Mellé Tiha tottyant a székre, Nyurga valami ismerőst fedezett fel messzebb, ő ott talált helyet magának.

– Úgy felfordítottátok a házat, mintha nem először tettétek volna – fordult Gina Tihához, de a férfi most nem válaszolt, a mondat fenn maradt a levegőben.

Miután az első körrel a csapat találkozására koccintottak, fesztelen beszélgetés indult, hol innen, hol onnan hallatszott fel nevetés.

Gina egyfolytában azon mesterkedett, hogy Karit és Krisztit összekeverje, de túl sok munkát nem kellett ebbe fektetnie, a fiatalok a beavatkozása nélkül is hamar megtalálták a közös hangot. Munka és elfoglaltság nélkül maradva Gina kezdte roszszul érezni magát. Nem tetszett neki a kocsma, nem esett jól az ital sem, nem volt témája ebben a társaságban. A csoportbéliek közös emlékeit, a régi történeteket nem ismerte, ettől kirekesztettnek érezte magát. Rossz érzését fokozta, majd' szétcincálta az idegeit, amikor a lányok és fiúk énekelgetni kezdtek, mélabús, hallgatós nótákat, dalokat, amitől Ginának más körülmények között is elgurult volna a gyógyszere.

– Kimegyek a mosdóba – szólt oda Krisztinek, aki Kari válla felett odabiccentett, hogy oké.

Az asszony, miután egyedül maradt és körülvette a csend, valamelyest magához tért. Sokáig maradt, gondolatai otthon jártak, kislányára gondolt, aztán a férjére: ebben az órában biztosan az igazak álmát alusszák már. Bár nem akarta, de gondolatai önállókká váltak, és megérkezett Andris is, a mosolya, az ölelése, a barna szeme, villódzó, hideg, fehér fényekkel. Hiányzott most Ginának, szívesen lubickolt kettőjük közös, titkos emlékeiben.

Nem tudta, honnan érkezett a magához térítő késztetés, de valahogyan megérezte, és rosszul érintette. Sírás kerülgette, Andris közelsége elillant. Gyanította, hogy sok idő telt el, mióta otthagyta a társaságot, elindult hát kifelé. Azt gondolta, viszszasétál a szállodába.

Az asztalukhoz egy fal mellett kellett elhaladnia, az idegenek asztala mellett. Míg ezen mesterkedett, s kísérte őt Andris után való vágyakozása, valahonnan és valahogyan Nyurga termett előtte, vállainál fogva a falnak szorította, majd két karjával és testével elzárta a kivezető utat. Gina közel érezte magához a Nyurga által megivott konyakot.

– Figyelj ide, boszi! Kellesz nekem! És ha nekem kellesz, akkor meg is leszel. Megjegyezted? – suttogott a fülébe halkan, de erőszakosan a férfi.

Gina fejéből eltűnt Andris, vészvillogók kapcsoltak be, de nem tudta, hogyan szabaduljon.

– Basszus, Nyurga, elmondom neked, az életem egy szarkupac, az igaz, de nem veled kívánom tovább trágyázni, és ez olyan biztos, mint hogy itt vagyok, és most még nem tudom, miként másszam ki belőled – hallotta saját fojtott hangját Gina.

„Talán, ha leguggolnék, ki tudnék innen szabadulni, mert te, barátom már aligha tudsz lehajolni" folytatta a gondolatot már magában.

– Aj, jaj, jaj, Nyurga! – hallotta ekkor Tiha hangját, az ismerős hangot, és nemsokára érezte is az ismerős kezet, ami megfogta az övét.

– Hát nem tudod, hogy ez védett terület? Érinthetetlen! É-rint-he-tet-len! – ismételte szótagolva, határozottan.

Nyurga bárgyún nézett Tihára. Kínos, hosszú csend következett, a két férfi farkasszemet nézett egymással. A veszteség kínja eltorzította Nyurga arcvonásait, de elengedte a foglyát.

- Még nincs vége! - buggyant ki belőle barátságtalanul az indulat, mely a másik kettőhöz szólt, de már nem volt veszélyes.
Éppen ennyi kellett ahhoz, hogy Gina, ha eddig nem érezze magát jól, most már teljesen cefetül legyen. Egy vagy talán több könnycsepp is végiggörgött az arcán.
- Gyere, levegőzzünk egy kicsit! - szólította csendben Tiha, de látta, az asszony nem mozdul.
- Ne félj tőle! Ártalmatlan szájbajnok - folytatta.
- Nem félek. Csak rosszul érintett, meg rosszkor jött - szipogott tovább Gina.
- Megyünk? - kérdezte kissé türelmetlenül Tiha.
- Mi lehet ma még rosszabb? Menjünk - egyezett bele Tiha akaratába.
Kimentek a kocsma elé, elsétáltak előtte, majd kicsit tovább és még tovább. Miközben beszélgettek, észre sem vették, hogy már mélyen az erdőben járnak, a hegyek között.
A jó levegő, a csend, a nyári éjszaka, az értelmes, ismerkedős beszélgetés lassan megnyugtatta mindkettőjüket, felszította a nő szabadságvágyát, s egyre inkább érezte, valami olyat szeretne tenni, amit nem szabad. Szeretett volna hangosan kiáltani ebben a csendes éjszakában, kikiabálni az összes fájdalmat, ami a mellkasát szorítja, de mélyen eltitkolta a gondolatait Tiha elől. Baktatott mellette, hallgatta a férfit, olykor tőmondatokban válaszolt. Aztán elfogytak a témák, és csend telepedett köréjük. Ekkor a férfi leült. Leült az út közepére, pontosan a választóvonal fehér csíkjára. Gina felé nyújtotta a kezét.
- Ülj ide mellém!
- Mit csináljak? Hová üljek?
- Ide, ide mellém - tapicskolta az utat Tiha.
- Ide! Az út közepére, itt, a világ végén? Te megvesztél!
- Az út közepére. Itt, a világ végén.
- És ha jön egy autó? Nekem gyerekem van otthon! - toporgott és háborgott Gina.
- Nekem is van gyerekem. Kettő.
- Hát akkor meg pláne! - emelgette a hangját az asszony, de nem volt túlságosan meggyőző, ő is érezte.

- Gyere már, és lazulj! - csendesítette Tiha.
- Figyelj, aranyom! A világ végén vagyunk, ha elütnek bennünket, még üzenni sem tudunk haza.
- Nem is kell. Nem fog jönni autó. Elintéztem.
- Na, tudod mit? - bátorkodott Gina. - Nem vagyok ám gyáva, neked meg vigyáznod kell rám, azt mondtad.

A férfi kezét elkerülve ült mellé a betonra, a porba, szoknyáját combjai alá simította, s közben azon járt az esze, ezt eddig sohasem engedte meg magának. Szép ruhában az utcára ülni? Hát? Most tényleg olyat csinál, amit nem szabad.
- És most? - kérdezte kihívóan, kíváncsian az asszony.
- Csillagot választunk - felelte a férfi.
- Micsodát? Csillagot?
- Azt. Csillagot.
- Mi ketten? Együtt?
- Együtt.
- Mondom, hogy megvesztél! Miért is?
- Mert most ülünk itt, mert most vagyunk szabadok, mert a csillagok most gyönyörűek, mert most az éjszaka is csodás, és azért, hogy most legyél boldog - mondta egészen csendesen Tiha, majd kis szünet után még hozzátette -, meg azért is, hogy később el tudd majd mesélni az unokádnak, amikor vénasszony leszel.

Ginát meglepte az „élj a mának" gondolat.
- Azt hittem, más okaid vannak - ficergett a férfi mellett -, de az biztos, vénasszony, az majd leszek. Nemsokára. De egy csillagunk nem lehet. Választunk neked egyet, és nekem egyet.
- Fiastyúk neked? - mosolyogta el magát Tiha.
- Fiam nincs. Lányostyúk. Neked van fiad, legyen a tiéd. Csak te nem vagy tyúk.
- Fiaskakas. Látod, ott van! - mutatott Tiha az égbolt felé.
- Az a Göncöl. Nagy csillagtudós! A kicsi. Ott egy kicsit távolabb van a nagy! - mutogatott Gina.

Tiha mintha zokon vette volna kétségbe vont csillagismeretét, karba tette a kezét, durcásan a csendbe burkolózott. Gina érezte is a bántódást, megböködte a férfit.
- Hagyjuk a Fiastyúkot. Keressünk másikat!

Tiha aprócska sóhajjal engedte ki a mérgében magában tartott levegőt.
- Rendben. Tudod mit? Legyen a tiéd a Kis Göncöl, az enyém meg lesz a nagy. Én vagyok a nagyobb.
- Szamár - nevette el magát Gina.
- Az is. Kettő neked - sóhajtotta Tiha, s ez a sóhaj nagyon messze szállt az éjszakában. Elszállt, nem bántott senkit. Tücsökciripelős hallgatás telepedett a két fiatalra. Figyelték az éjszakai erdő zajait. A madarak már álomba ringatták fiókáikat, az éjszaka vadászók még csak most kezdtek készülődni a nagy kalandokra, pocakjuk feltöltésére. Levelek sugdolóztak egymással, Gina túl érzékeny lelke kihallotta belőlük, hogy roluk beszélgetnek, kezdte kényelmetlenül érezni magát.
- Most, hogy a csillagdán túl vagyunk, talán el kellene indulnunk visszafelé - motozott finoman -, hiányolni fognak a többiek.
- Maradj még kicsit - kérlelte Tiha. - Itt ez az éjszaka, olyan szép, ne gondolj most másra, élvezd ki a percet!

Gina elérkezettnek találta az időt a mély gondolatokra, saját szabadságvágyának, saját nyomorának elmesélésére.
- Igazad van. Élvezhetném is, hogy itt ülök veled valahol, azt se tudom, hol, szép ruhában, az utca porában, meg hogy nem ismerlek, azt se tudom, ki vagy, de veled választok csillagot. Élvezhetném a pillanatnyi szabadságom, élvezhetném az eltűnésemet, de nem bírom. Ezer kötél húz a földre, ezer tisztességnek mondott álszentség, és minden sejtemmel azt érzem, nekem ezt nem szabad. Ettől nekem lelkifurkám lesz holnap vagy félóra múlva. Számomra ez az egész teljes képtelenség! A rohadt életbe. Mert tudd meg ám, mindezek ellenére olyan piszkosul jólesik.

És Gina beszélni kezdett, beszélt és beszélt, majdnem minden kínját elmesélte Tihának. Majdnem mindet. Aztán csendben maradt, mellkasát, lelkét könnyűnek érezte. Tiha nem szólt Gina monológjába, szinte végig a csillagokat nézte. Az asszony hálás volt a hallgatásáért. Kis idő múlva ő szólalt meg ismét, félénken, titokzatosan, mintha csak magának mondaná:
- Tudod, mit szeretnék?
- Mit? - élénkült fel Tiha.

- Valami olyat csinálni végre, amit nem szabad - árulta el titkát a nő, miközben kellemetlen pírt érzett az arcán, a nyakán. Tiha most is hallgatott. Láthatóan törte a fejét, mit mondjon az asszonynak. Aztán finoman végigsimította Gina hosszú haját, és megszólalt:
- Feküdj hanyatt, és köpj egy nagyot fölfelé.
Mindketten nevettek, tiszta szívből, hangosan, szabadon.
- Majd holnap! - kacarászott még Gina -, most elindulunk, mert nagyon késő van. Menjünk! Kérlek!
- Hát jó. Menjünk! Majd holnap tovább harapjuk a csendet meg a tücsökzenét. És akkor mindenképpen köpnöd kell fölfelé.
- Megdumáltuk! - szólt vissza Gina, mert addigra már messzi volt attól a helytől, ahol ücsörögtek.

Tiha lassabban tápászkodott fel, a visszaúton meg-megállt, élvezte a levegőt, élvezte a nyári éjszaka apró örömeit, nyugalmából Gina meglehetős türelmetlensége sem billentette ki, pedig az asszony folyton unszolta a sietségre, nagyon szeretett volna már a többiek között lenni.
- Mit szólnak majd, milyen sokáig elmaradtunk? - gondolkodott hangosan.
- Semmit sem szólnak. Mindenki el van foglalva mással. Mindenki valaki mással - hangsúlyozta külön a szavakat Tiha, s közben kuncogott, nagyon elégedett volt a poénnal.
- Haha! Most meg kellene nyugodnom? Gyere már, a jó ég áldjon meg, sohasem érünk oda! - siettetette Gina.
- Odaérünk! Meglátod, mindjárt odaérünk.
- Hol vagy, boszi? - hallotta meg Gina Nyurga hangját, és tudta, nincsenek már messzi, tudta, hogy őt keresi, és a hangból kihallotta a nyakló nélkül ivott konyak hatását.
- Hol vagy, boszi? - kiáltotta ismét Nyurga, lényegesen arrogánsabban.
- Figyelj, Tiha, ez a fickó engem keres! - nyugtalankodott Gina, s gyomrába kúszott a félelem.
- Mit szeretne? - kérdezte Tiha.
- Honnan tudjam? Biztosan nincs jó szándéka! Tök részeg, az a baj!

19

- Az nem baj - intette higgadtan a férfi. - Tudod, mire jó a sötétség? - kérdezte aztán lágyan. - El lehet bújni. Aztán átölelte Gina vállát, maga felé húzta, dzsekije alá bújtatta, ahol nem látta az arcát senki.

- Gyere, babám, én meg a sötétség megvédünk téged - húzta még feljebb kabátját Tiha. Erős keze az asszony vállát karcolta, mozdulataik lassan összehangolódtak, ahogy elindultak a szállodába vezető úton. Az asszony közel került a férfi testéhez. Túl közel. Érezte az izmait, érezte a bőrét, érezte az illatát. Felidéződött az előző esti táncuk, a már beégett gesztusok és mozdulatok kiegészültek a ma éjszaka megismertekkel. Lassan, de biztosan érlelődtek Gina érzései.

Ettől az éjszakától kezdve minden szabad percet együtt töltöttek. Nappal előadásokon vettek részt vagy kiscsoportban gyakorlatoztak, tették a dolgukat, de este összejött a csoport, már nem a kinti kocsmában, hanem a szálloda udvarán vagy teraszán. Nem titkolóztak, nem is volt mit titkolniuk a többiek előtt, barátságuk egyre mélyült, egyre inkább tudták, mit gondol a másik. Nyurga megértette Gina érinthetetlenségét, egyébként pedig jobban érdekelte, hogyan és honnan juthatna jóféle itókához.

- Miért iszik ennyit? - kérdezte egy este Gina Tihától.
- Fogalmam sincs, talán megszokásból - válaszolta Tiha. Aztán elmesélte, hogy pár évvel ezelőtt egy ilyen alkalomkor Nyurga annak rendje-módja szerint elázott, a szobatársai pedig igencsak elbántak vele, mert kivittek egy heverőt az udvarra, az ágyneműtartójába befektették a magáról mit sem tudó férfit, és elmentek aludni. A másnap délelőtt aztán igen kellemetlenül kezdődött Nyurga számára, az udvar kellős közepén ébredt, a felnyitott heverőben, kábultan. A tanfolyam szervezői akkor haza akarták küldeni, megjárta a fél poklot, de maradhatott.

- Képzeld el, azóta ilyen alkalmakkor nem iszik olyan sokat - fejezte be a történetet Tiha.
- Nem iszik olyan sokat? - ámult Gina. - Hát, lehet. Szerintem viszont kevesebbet se.

Mindketten nevettek.

Azon az estén arról is beszélgettek, hogy Krisztina már mindkettőjük türelmét a legvégsőkig feszítette, épp ideje lenne egy fiúval összehozni. Gina elmesélte, milyen pajzán gondolata volt már a második napon barátnőjével kapcsolatban. Tiha halkan kuncogott. Akkor fogadták meg, a hátralévő időben mindketten igyekeznek azon, amit Gina kitervelt. Még nem tudták miként, várták az alkalmat.

Egy napon a hétből, a környező dombokra kirándultak, a tanfolyam vezetői a szabadba szervezték az előadásokat. Gina nem rendelkezett elegendő fizikai erővel a domb meghódításához, nem volt hozzászokva a fizikai erőpróbákhoz, neki legalábbis hegyóriásnak tűnt a domb. Tiha folyamatosan segítette, bátorította, nógatta a kitartásra. Egy ponton az asszony minden ereje elfogyott.

– Nem… megyek… tovább – pihegte kigyúlt arccal. Szívét már percek óta a torkában érezte, fulladozott, miközben patakokban csorgott hátán, homlokán izzadsága.

Megálltak. Tiha előtte haladt, hosszú lábai játszi könnyedséggel találtak fogódzókat a sziklás talajon. Ő nem pihegett, fáradtnak se látszott. Most az asszony fölé magasodott, nem volt nehéz, amúgy is jóval magasabb volt Ginánál.

– Nem adhatod fel.

– De igen – pihegte – nem akarom, csak fel fogom!

Gina alig kapott levegőt. Gondolatban szidta minden felmenőjét annak, aki kitalálta a túrát. Erőnek erejével emelte fel a fejét, ránézett az üdének tűnő férfira, és életében többedszerre érezte, milyen gyenge, milyen elveszett. Nem is beszélve a hiúságáról, ilyen méltatlan helyzetben még nem láthatta őt senki. Talán a fáradtságtól, talán az egész jelenettől, sírni szeretett volna. Néhány másodperc telhetett el így, álltak ketten a domb gerincén, a férfi nyugodtan várt, Gina gyengeségével, szemébe csorgó izzadtságcseppekkel és könnyeivel küzdött. Nehezen tudott erőt venni magán.

– Ha ezt nem élem túl… a lányomra két szemed legyen – próbálta elütni viccesen a perc nyomorát.

- Ha ezt nem éled túl, két szemem lesz a lányodon, de most add a mancsod, és indulás, mert a tanító néni türelmetlen- nyújtotta felé Tiha a kezét.

Az asszony most nem mérlegelt, nem gondolkodott, illendő-e, szabad-e, nem bánkódik-e valaki emiatt, könnyedén nyúlt Tiha felé.

Kéz a kézben érték el a többieket, de Ginán kívül ez senkinek nem volt furcsa. Olyan rosszul nézett ki. Mindenki érezte, segítségre volt szüksége. És éppen akkor, talán nem teljesen véletlenül Tiha keze volt ott, Tiha erős, megnyugtató, támogató keze. Az előadások alatt mindenki kipihente a délelőtt fáradalmait. Már senki sem gondolt az erőpróbára, amikor elérkezett az ebédszünet. A fiúk, akik az előadás közben összeültek, most szétszéledtek, a csoportbeli lányok köré telepedtek. Kari Krisztina mellé feküdt le egy pokrócon, Nyurga még fátyolos szemmel, láthatóan küzdelmes éjszakájára emlékezve, Gina oldalán üldögélt törökülésben. Tiha távolabb ült le Ginától és Nyurgától. Egy darabig beszélt, az esti programot tervezte. Aztán egy óvatlan pillanatban hihetetlen dolgot művelt. Hátradőlt, lefeküdt, éppen úgy, hogy feje Gina combjaira érkezett. S míg Gina egyre fokozódó zavarával volt elfoglalva, befészkelte magát az ölébe, mintha ez lett volna a világ legtermészetesebb dolga. Az asszony szoborrá merevedve várta a hatást a környezetétől, de nem történt semmi. Senki sem szisszent fel, senki sem nézett ferdén, senki sem szólt egyikükre sem. Nem történt semmi.

Gina szívét, jeges vasmarokként szorította még a félelem de keze már elindult, s akaratlanul is beletúrt Tiha szőke fürtjeibe. A környezetében ekkor sem történt semmi. Ettől felbátorodott. Ujjai játszottak a hajtincsekkel, később lassú táncot jártak a férfi homlokán, arcán, majd újra és újra elbújtak a hajában. Gina nem tudott annyira belefeledkezni a játékba, figyelte a környezetét is, mi történik a többiekben. Mintha ők ketten nem is léteztek volna, mások minderre ügyet sem vetettek, annyira természetes volt mindenkinek. Ők ketten összetartoznak, és ennyi még belefér a barátságba. Csak Gina érezte az ellenkezőjét. Ez biztosan nem vele történik, ezt biztosan nem ő csinálja, ez nem az ő értékrendje. Férjére gondolt, akihez esküje fűzte, aztán Andrisra, akit pár nap alatt száműzni tudott magából, aztán az ölében fekvőre, aki olyan közeli és valós, olyan kézzel fogható, olyan biztos. A másik kettő most nagyon messze volt a testétől, még jobban a lelkétől.

Az idő múlt, s a férfi egyre kényelmesebb helyzetbe fészkelte magát Gina ölében, ő pedig egészen belefeledkezett Tiha selymesen fénylő, hosszú hajába, arcába, szemébe.

Mindenki számára váratlanul érkezett az ebédidő vége, Gina gondolatai ki sem tudtak zökkenni abból a mélabús érzéshalmazból, amibe ebben az órában belecsöppent.

A délután Ginának homályos, felhős gondolatokkal ért véget. Még az időjárás is tükrözte a hangulatát. Először apró, később egyre nagyobb cseppekben eredt az eső, és úgy tűnt, tartósan velük marad. Mindenki másnak is jólesett a nyári eső, nem vette el a kedvüket, a levegőt sem hűtötte le, de az éjszakai udvari programot meghiúsította.

– Mit csinálunk ma este? – kérdezte félénken Gina Tihától vacsora után. Kicsit tartott attól, hogy Tiha a délben történtek után majd páros programot szeretne, és nagyon jól esett neki, amikor kiderült, tévedett.

– Szerintem jöjjünk össze a szobátokban, ott is tudunk beszélgetni. Elég tágas ennyiünknek?

– Azt hiszem, igen, és különben is, mindenképpen elférünk, majd egészen kicsire összehúzzuk magunkat – vidámodott Gina a megkönnyebbüléstől.

– Akkor szedjük össze a bandát!

A szobai programnak többféle hátránya volt. Nem lehetett rágyújtani. Ez megakadályozta a mélyreható, felnőttes beszélgetést, a világmegváltó gondolatok megszületését, a nagy bölcsességek felszínre törését. Azon kívül énekelni sem, inni sem lehetett. A tilalom azonban nem akadályozta meg Nyurgát abban, hogy valahonnan előkerítsen egy üveg pezsgőt, csak az égiek tudták, miként sikerült neki. Sokan voltak, kevés volt az egy üveg, így néhányan utánpótlásért indultak, néhányan unatkoztak. Ha már nem váltják meg a világot ma éjszaka, inkább elmenni aludni. Talán holnap alkalmasabb lesz. Jó lesz, ha pihenten várják.

Nem tudta Gina, mennyi idő telt el, csak azt vette észre, hogy négyen maradtak a szobában. Ő és Tiha az asszony ágyán ültek, hátukat a falnak támasztották, lábukat maguk alá húzták, betakarták, mert a szoba kihűlt. Krisztina és Kari a lány ágyán voltak, megmondhatatlan pózban. Félig benn, félig kinn, félig fekve, félig ülve, Kari azon mesterkedett, hogyan kerülhetnének mindketten a meleg paplan alá.

– Mi itt se vagyunk – szólt a barátjának Tiha, és ettől kezdve így is viselkedett, bátorítva a mellette ülő asszonyt, tegyen hasonlóan ő is. Gina takaróját a fejükre húzták, ezzel biztosították a fiatalok intim együttlétéhez a helyzetet. Halkan beszélgettek, teljesen közömbös dolgokról, és nagyon szurkoltak Karinak, sikerülne végre Krisztinát asszonnyá tennie. A másik ágy felől azonban egyre érdekesebb hangfoszlányok érkeztek, Gináék még nem örülhettek a végeredménynek.

– Szerinted sikerül neki?– kérdezte cinkosan suttogva Tiha Ginátol.

– Honnan tudnám? Nem úgy hangzik.

Aztán hosszú csendre lettek figyelmesek a másik ágy felől, és végre megvalósulni érezhették tervüket a lánnyal kapcsolatban. Később újra és újra a védekezés és a „nem akarom" hangfoszlányai töltötték be a szobát. Aztán ismét csend, és ismét veszekedés.

– No, ez ma nem megy. Sajnos a barátnődből ma este nem lesz asszony – sóhajtotta Tiha. – Kénytelenek leszünk tovább tűrni lányként.

Kriszti egyre elkeseredettebb harcot vívott a takaró alatt Kari akaratával, és már Gina is nagyon szégyellte magát. A jópofaságnak tűnt tréfa komoly dologra sikeredett, egyáltalán nem volt vicces. Tiha is megérezte a helyzet tarthatatlanságát, egy csendszünetben megkérte Karit, hagyja abba az értelmetlen és egyre durvuló próbálkozást, és menjenek vissza a szobájukba. Kari nem ellenkezett, azonnal szót fogadott Tihának.

A két férfi kedvesen és csendben búcsúzott. Tiha, annak ellenére, hogy egy takaró alatt töltötték a fél éjszakát, Gina kezét sem fogta meg. Mintha elfelejtette volna, mi történt nappal. Barátként búcsúzott, s még odasúgta Ginának:

– Messziről is vigyázzuk az álmod, én és a csillagom. Legyen szép az éjszakád.

– Köszi, szép álmokat nektek is – válaszolta Gina.

Amikor ketten maradtak a barátnőjével, belemart a bűntudat. Bocsánatot kért, és biztosította Krisztit, vigyázni fognak rá, nem engedik Karit olyan dolgot tenni, amit mindketten nem akarnak.

– Azt hiszem, nagyon tetszik nekem – sírta el magát most hiszti nélkül, csendesen Kriszti –, de nagyon félek. Most egy kicsit haragszom is rá – húzta fel az orrát kis idő múlva morcosan.

– Megértelek – ölelte át barátnőjét Gina, és megsimogatta a haját.

– Aludjunk, holnap egy új nap érkezik.

Gina még jó darabig forgolódott az ágyban, nemcsak az egész nap történtek és a bűntudata miatt, azért is, mert még sokáig érezte ágyneműjén Tiha illatát. Tiha képe, varázsa betöltötte az univerzumot, messze szállt a csillagok felé, és vitte őt magával.

Egyikük az egyik csillagon, másikjuk a másikon, mert egy csillaguk nem lehetett.

Andris képe ezen az estén sem ragyogott fel a bolygók között.

Utolsó estéjük volt a szállodában. Vacsora után, mint minden más alkalommal, kiültek az udvar közepén lévő padokra. Többen voltak, csupa felnőttes dologról beszélgettek. Fújták a füstöt, a fiúk söröztek. A korai nyáreste elkényeztette őket, nem fáztak. Hol egyik, hol másik sarkából az udvarnak hangos nevetések, kurjantások hallatszottak, nem messze tőlük egy csoportban sörhangon énekeltek a férfiak.

Mire a csillagok megérkeztek, Gina és Tiha kiválasztott csillagaival együtt az Esthajnal és a Fiastyúk is, ők ketten magukra maradtak, mindenki elhagyta őket. Nyurga valószínűleg innivaló után kóválygott el, mert még nem volt elég ferde. Krisztina már nem haragudott Karira, kézen fogva sétáltak el valamerre, a többiek talán már aludni tértek.

Gina és Tiha a tér közepén ültek egy padon. Komiszkodtak, nevetgéltek, s mivel nem volt takargatni valójuk, felszabadultan élcelődtek magukon és másokon, különösen az általuk öszszehozott ifjú pár volt a céltáblájuk. Nem volt fura már, hogy ketten ülnek az éjszakában, s amikor nem beszélgettek, akkor is értették egymást. Eszükbe sem jutott hogy, másnap felülnek a vonatra és hazamennek, és ezzel gondtalanságuk is véget ér. Ginának legalábbis nem itt járt az esze. Azon tűnődött, szinte gyerekesen, hogyan lehetne még tágítani az időt, minél tovább élvezni ezt a szabadságot, ezt a gondtalanságot, ezt a biztonságot.

– Gyere velem, cica – hallotta most Tiha hangját, melyben valamiféle, eddig nem tapasztalt izgalmat érzett. Tiha már az érzéseit sem tudta rejtegetni előtte.

– Hová, szentem, ebben a sötét éjszakában? – tréfálkozott, de a helyzetet nem érezte egészen tréfásnak.

– Csak gyere – fogta meg a kezét Tiha.

A kéz, az ismerős, a biztonságos, most is csak megerősítette az asszonyt, mennie kellene, nincs mitől tartania, de nem mozdult.

– Gyere már, mutatni szeretnék valamit – huzigálta meg finoman a kezét Tiha.

– Már nagyon elmúlt az idő a felfedezésekhez. Meg sötét is van – kérette magát Gina.

– Nem tart sokáig, ígérem. Gyere! Kérlek! – fogta most könyörgőre Tiha, és Gina, ha kicsit kelletlenül is, de elindult vele. Bízott benne, a barátja volt, hát követte. Elindultak a sötétben. Gina olykor megbotlott valamiben, ilyenkor megállt, vagy lelassult, de Tiha folyamatosan bátorította.

– Nézz a lábad alá! Csak fogd a kezem, tartalak, mindjárt ott vagyunk.

Ginában egy-egy pillanatra felbukkant a bizonytalanság, de a férfi nem engedte ezt eluralkodni. Ő pedig követte, mint ahogyan egy hete követte már, vakon, szabadon, tiszta szívvel.

– Megérkeztünk– szólt Tiha, és megállt. Megvárta, míg Gina is odaér.

– Mi ez itt, hová jöttünk, mit kell felfedezni? – tolultak egymásra Gina kérdései, mert alig látott valamit a sötétben.

- Nézd meg jobban, mindjárt meglátod - simult végig Tiha keze az asszony vállán.
Néhány másodperc múlva valóban látta. Egy piciny házacska körvonalazódott Gina szemében, majd mintha csak sejtette volna, mint érzékelte, kulcscsörgést hallott, egy ismerős kéz vállánál átkarolva magával húzta a házba. Nem félt, mitől is félt volna Tihával. Szeme lassan szokta a benti félhomályt. Szerette volna megkérdezni, mi ez az egész, mi itt a felfedezni való, de nem volt rá ideje. Tiha erős keze végigsimította a gerincét, megállt a nyakánál, majd forrón, de kissé félszegen megcsókolta.
Szerelmeskedésük olyan volt, mint egész eddigi ismeretségük. Egyikük sem robbant fel tőle, de átkarolta, ringatta, becézte őket, s az érzés, amit Ginában okozott, addigi élete legfelemelőbb érzése volt. Bizalmon, barátságon, ezer éves ismeretségen nyugodott, mert Tiha most sem tett mást, mint eddig. Óvta, védte, eltakarta, eldugta a világtól, elvezette egy másik dimenzióba, miközben cirógatta, végtelenül szerette és birtokolta.
Nem tudták, meddig tartott. Miután minden megtörtént velük, és oszlott a kielégülés öröme, Gina zsigereibe lassan és mélyen kúszott be a szégyen. Tetőtől talpig mocskosnak érezte magát, úgy érezte, mindenkit becsapott, elárult. A férjét, a házasságát, Andrist, a Tiha iránt érzett barátságát, de saját magát a legjobban. Undorodott magától. Utálta, hogy a lelkében felszakadó tilalom most gúnyolódott vele: „Hát ezt akartad, hát te akartál szabad és zabolátlan lenni, hát te rombolod a saját értékeidet, hát te nem akarod tudni a határokat, hát itt van, küszködj vele! Most kellene csak igazán hanyatt feküdnöd, és jó nagyot köpni! Fölfelé!"
Ebben a bűnös, ebben a kegyetlenül kínzó, de kegyetlenül szerelmes éjszakában a jó és a rossz, a szabad és nem szabad harcában, szörnyű vajúdás közben született meg egy másik Gina. Egy olyan Gina, aki nagyon is tudta már, hogy mit akar, tudta, hogyan érheti azt el, számító volt és akaratos. Nem akart azok nélkül az érzések nélkül élni, amelyeket ezen a héten megismert. Tudta, hogy bűnös, és bűnhődnie kell valahogyan, de a bünte-

tést esze ágában sem volt vállalni. Úgy gondolta, egy élete van, most kell boldognak lennie, ahogy Tiha mondta, és ez jár neki, nem bánja, milyen áron.

Minden apró sejtjében érezte, megszerette ezt a férfit, rá fel tudna nézni, őt tudná követni, tőle el tudná fogadni az irányítást is, miközben élete a legfinomabb dimenziókban mozogna. Legelrugaszkodottabb gondolataiban már közös jövőről ábrándozott. Kellett neki ez az ember. Kellett. Minden kis porcikája kívánta, érezni akarta, átélni újra és újra az éjszakát.

A másik, a jobbik énje se hagyta magát, amazonként küzdött a rosszabbik ellen. Neveltetésre, erkölcsre, tisztaságra, bűnre, fájdalmas, kettétört életekre hivatkozott.

Míg egyikük felvértezte magát, és szembe tudott volna szállni a világgal a boldogságáért, erős volt, bátor, büszke, kegyetlen, és félredobta a korlátokat, a másik csodálkozott, óva intett, majd szelíden ingatta a fejét: ejnye, ejnye. Nem tűrt feloldozást.

Szó nélkül öltözött fel, szó nélkül hagyták ott a házat, Tiha is érezhette kínjait. Úgy kísérte vissza a szállodába, mintha a világon semmi sem történt volna közöttük, és ezt most Gina nem is bánta. Hálás volt a férfinak, hogy beszélgetéssel nem tetézte rossz érzéseit.

A szobába úgy surrant be, mint egy tolvaj, már mindenki az igazak álmát aludta. Szerencséjét áldotta, amiért senki nem vette észre a szokásosnál lényegesen tovább tartó elmaradását.

Rosszkedvűen, fejfájósan, szégyenletes érzéssel, mégis reményekkel érkezett a hajnal, a másnap. Gina agyában cikáztak a gondolatok. Isti, a lánya, Andris, akire alig gondolt az elmúlt napokban. Tiha szerelmes csókjait érezte még, de öltözni meg csomagolni kellett, mert rögtön indult a busz. Itt van Kriszti is, aki nem hazudtolta meg magát ezen a fájós napon sem. Mitől is fájna az ő feje. A lány, aki olyan idegesítően tudott létezni, ma reggel toronymagasan állt felette. Ő megtartotta tisztaságát, míg Gina elbukott. A gondolat dühítette az asszonyt, nehezen viselte a lány felsőbbségét, még úgy is, hogy tudta, barátnője semmit sem sejtett az elmúlt éjszakáról.

A hazafelé vezető út felért egy pokoljárással. Tiha nem ült Gina mellé, másik ülésen foglalt helyet, ezzel még mélyebb, démoni bugyrokba taszította az asszonyt a szenvedéseiben. Aztán elköszönt mindenkitől, két oldalról baráti puszikat osztott. Amikor leszállt a vonatról és elindult az úton, nem nézett vissza. Gina mélyen a hátába fúrta a tekintetét, és elképzelése sem volt, hogyan fogja elviselni a következő napokat a fekete csíkos ing, a vállakra omló csintalan hajtincsek, a fogva tartó, biztonságot nyújtó, erős kéz nélkül. Ismeretlenül is irigyelte Tiha feleségét.

A hétvégét lánya csivitelése, élményei, a mindennapos elfoglaltságok gyorsan elrepítették. A hétfő reggel úgy indult, mint bármelyik másik ezelőtt. Korai óracsörgés, gyerekébresztés, öltözés, ovi.

Szokatlan izgalom volt benne az irodaház előtti hosszú, egyenes úton. Tihát akarta látni, ettől bizsergett. És egy gennyes pillanatban teljesült az akarata. Meglátta a férfit. Már csak pár lépés volt a kapu és Gina között, amikor Tiha a kapuhoz ért. Tiha is meglátta Ginát, aztán hirtelen kanyart véve befordult az ajtón. Nem köszöntötte, nem is üdvözölte az asszonyt, még csak nem is intett felé.

Gina első gondolata az értetlenség volt. Nem értette, mi történt. Aztán teljes testében szétáradt a düh, a megalázottság érzése, majd rögtön ezután a veszteség kínja. Az addig felépített gyönyörű világ, amiben annyira bízott, egy szempillantás alatt porrá változott, és kipergett ujjai között.

– Gyáva, gyáva, rohadt, gyáva féreg! Egy köszönésre sem vagy képes? Mi ez az egész? Ki vagy te? – tombolt az indulat az asszonyban.

Kifogyott belőle az erő. Nem tudta, miként ért fel az irodába. Annyit érzékelt csak, hogy kolléganői érdeklődtek az elmúlt hétről, ettől volt abban biztos, hogy nem csak álmodott, az elmúlt hét volt és létezett, benne volt Tiha, benne volt a boldogságuk, vagy csak az ő boldogsága, és most nincs semmi. Nőtt és egyre jobban növekedett benne a veszteségérzet, egyre csak hízott a dühe és megvetése is, maga ellen elsősorban. Gondola-

taiban villámokat küldött Tiha felé, mennydörgött. Nem talált elfogadható magyarázatot, mellyel csökkenthette volna Tiha iránt érzett gyűlöletét és bosszúvágyát. Iszonyatos, sátáni bosszút esküdött, amely nem vette figyelembe a lelkiismeretében szóló hangocskát: „Hiszen te is bűnös vagy, csaló!"
– „Amíg élek, nem bocsátom meg neked! Tönkreteszlek! Dögölj meg!" – sziszegte el magában már ezredszer is, és egyre komolyabban is érezte.

Elvakította a vesztesége. Kiszolgáltatta magát, a legrejtettebb gondolatait, érzéseit, összes szeretetét. Bízott és vágyott, amit kegyetlen módon használt ki egy férfi, akiről azt hitte, ismeri, akiről azt gondolta, viszontszereti.

Hosszú órák teltek el, mire valamelyest magához tért.

Talán egy telefonhívás a férfitól még menthette volna a helyzetet, de nem volt telefonhívás. Nem volt egész délelőtt, és nem volt délután sem.

A műszak vége előtt pár perccel nem bírt tovább az irodában maradni, kiment a folyosóra, hogy levezesse a feszültségét. Álldogált az ablak előtt, nézte az udvarban történteket, az embereket, ahogyan jöttek-mentek, intézték a vállalat ügyeit vagy a sajátjukat, de az agya nem fogta fel. Gondolatai a tervelt bosszúja körül cikáztak, bánata, fájdalma, meggyalázott, megtiport önérzete, szégyene uralta minden porcikáját.

Aztán egy óvatlan pillanatban, talán csak képzelte vagy eszmélte, mintha Andrist látta volna elmenni az ablak előtt. Alakja ismerős volt Ginának, de szomorúbb, roskadtabb, feszültebb volt, mint egy hete, amikor elváltak egymástól. Az asszony gondolataiból szabadulva, jobban megnézte a jelenséget. Valóban Andris volt, egy nagyon bágyadt Andris, aki láthatóan nem érezte jól magát a bőrében. Gina szíve nagyot dobbant, most már a bűntudata is égette Andris miatt. Úgy érezte, jelenlegi állapotáért ő is felelős, mert itt hagyta. Ráadásul meg is csalta.

Telefonja után nyúlt, már sírással küszködött, amikor a másik oldalon meghallotta Andris telefonjának jelzését.

– Szia, drágám, megérkeztél? Annyira hiányoztál! Mikor láthatlak? – hallotta a sürgető, izgalmas, szenvedélyes hangot.

– Itthon vagyok – sírta el magát Gina. Csendes sírása lassan zokogássá változott, s Andris egész életében azt hitte, az asszony érzelmi kitörését a viszontlátás öröme okozta.

Gina életét, még akkor is, amikor már régen Andris boldog felesége volt, és már nem volt benne semmi bosszúvágy, időnként felborzolta és összegabalyította Tiha. Talán csak az emlékeik hatására kavarodtak többször is egymás karjaiba, együttléteik minden alkalommal hatalmas veszekedésbe torkollottak. Gina egyszer sem érezte már azt a melegséget, azt a biztonságot, figyelmet és szerelmet, amit akkor otthagyott, a messze távolban. Tiha sem volt már olyan a saját környezetében, és az akkor megszületett, gonoszabb énjét hurcolva Gina sem. Soha többé nem találta meg a férfiban azt az embert, akit ott és akkor annyira szeretett.

Sok idő múlva úgy érezte, már semmi reménye nincs arra, hogy régi szerelmét, az érzelmes, a magával ragadó, erős kézzel védelmező Tihát megtalálja. Egy esős, őszi délutánon, a férfihoz kapcsolódó minden jó és rossz érzését egy dobozba tette, és mélyen elrejtette emlékei polcán.

Majd egyszer, egy szép, csillagos, kora nyári éjszakán, amikor jól látható lesz a két Göncöl és a Fiastyúk, emlékeit kicsomagolja a dobozból, és ahogy Tiha mondta akkor, elmeséli az unokájának. Talán...

Ilyenkor decemberben

Ilyenkor decemberben, esténként pici angyalok százezrei érkeznek a földre.

A szürkülettel, messzi csillagok felől, a sötétségből, a felhőkön át, a napsugarak fényéből erőt kapva, belekapaszkodva a hópelyhekbe és vidáman táncolva a levegőben, míg földet nem érnek. Kis, szárnyas, csupa szív csodalények, az emberekbe kapaszkodva, láthatatlanul, bejutnak a templomokba, és mélyebb áhítatot simogatnak az emberek szívébe. Bejutnak a házakba, várakozással, melegséggel töltik el az ott élők lelkét, ajándékokkal halmozzák el azokat, akik észre tudják venni a varázslatot. Bejutnak az üzletekbe, a munkahelyekre, beszállingóznak a kórházakba, ide a szülészeti osztályra is, ahol most, szoptatás után mosolyt festenek a kisdedek és édesanyjuk arcára.

Ezek a gondolatok jártak Kata fejében, amikor a kórházi osztály folyosóján álldogált, és várta a férjét. Kislányukat is, aki néhány nappal ezelőtt érkezett a világra, talán éppen ezek az angyalkák segítették. Nemrégen vitték el tőle, nagy örömmel újságolta a nővérke, hogy a pici először szopizott mérhető mennyiségű anyatejet.

Gyorsan szerette volna elmondani Lackónak, bár tudta, férje duzzog, amiért lánya született. Nagyon fiút szeretett volna, csalódottságából fakadó haragját rögtön a szülés után éreztette Katával, akinek ez végtelenül rosszul esett. Minden rossz érzése ellenére Kata titokban mégis elégtételt érzett, mindvégig sejtette a terhessége alatt, hogy lánya fog születni, Lackó azonban erről hallani sem tudott. Volt már két fia az első házasságából, nem volt hajlandó másban gondolkodni. Az asszony nem szerette volna nagyon kiábrándítani közös gyermekükre való várakozás ideje alatt, csak óvatosan adagolta, hogy lánya is lehet. Lackó nem akart lányt, nevet is az utolsó hetekben választottak csak, illetve inkább a férfi hagyta, legyen, ahogy asszonya akarja. Úgyis fia lesz. Kata sokkal inkább kislányt szeretett volna, azért fohászkodott. Neki kislánya volt az első házasságából, egy fiút elképzelni sem tudott volna magának. A két érdek viaskodott egymással, hol komolyabban, hol viccesebben, hol szerelmesen, hol inkább haragosan a terhesség ideje alatt.

Kislány érkezett hát, és míg Kata boldogan ölelte őt, Lackóban buzogott a kiábrándultsága miatt kialakult érdektelenség. Másnap, amikor már a pici is túl volt a születés gyötrelmein, és arcocskája kisimult, szépsége, formássága azért valamennyire oldani kezdte a lelkében dúló feszültséget. Az elégedetlenségén viszont nem tudott úrrá lenni.

Kata egyik lábáról a másikra nehézkedett, rosszul tűrte a várakozást, az álldogáláshoz nem volt még elég erős, a párja azonban sehogy sem akart megérkezni. Visszament a szobájába, nyugtalanság töltötte el, mi történhetett.

– A férjem szívébe is költözködhetne egy angyal, de lehet, kevés is lenne, inkább kettő kellene – szólt, de inkább csak magának, mint a szobatársának.

– Nekem szóltál? – kérdezte Anna, az első babás tanárnő, akivel Kata egy szobába került.

– Á, nem, csak magamban beszélek, magammal – válaszolta, s óvatosan ült az ágyra. Pihenni szeretett volna, csak pihenni.

– Nem jött még a férjed? – kérdezett ismét Anna, megérezte Katában a szomorúságot.

– Még nem. Nem tudom, mi lehet otthon, kicsit ideges is vagyok – válaszolt.

– Ne idegeskedj, nem lesz tejcsi – próbálkozott Anna jobb kedvre deríteni az asszonyt –, ennek a szép kislánynak pedig nagy szüksége lesz rá!

– Tuuudom – húzta el a szót a másik –, csak úgy elbúsultam. Úgy irigyellek, Anna, a férjed boldogsága miatt.

– Lesz ennek még böjtje, hidd el, ha majd beindul az első asszony.

– Az más! – intett a kezével Kata. – Azt ketten oldjátok majd meg. Nálunk ennek a babának egyedül én örülök fenntartások

33

nélkül, teljes erőmből. Az anyámnak meg se mertem mondani
a terhességet, kikiabált volna a világból, alapjáraton gyerekellenes. Amikor kiderült, elmondott minden eszement hülyének,
amiért megszülöm a kettőnknek negyedik gyereket. Ha az apukám nem segített volna megbékíteni, talán nem is szólna már
hozzám. Az apósom nem tárgyal velünk, alig van kapcsolat között ünk, mert Lackó elhagyta a feleségét, a két fiát, miattam.
Talán jó is, hogy anyósom már nem él, szegény. A környezetürk,
amiben élünk, csámcsog a történetünkön, a mai napig mi vagyunk a nem kívánatosak minden társaságban, mert szerelmesek lettünk, mert fel is mertük vállalni becsülettel. Mindketten elváltunk, és új életet kezdtünk. Talán irigyek. Lackó húzza
az orrát, mert nem kisfia született, a lányom pedig, és a fiúk is,
még olyan aprócskák. Léna most otthon nem is tudja felfogni,
mi történik vele, és mennyivel másabb lesz az élete a kistestverrel. Így vagyok én magamban, és mi van, ha Lackó rossz érzései
nem múlnak el? Nem is tudom, mi lesz velünk.

– Ne gondolj most erre! – vigasztalta Anna. – Egyszer minden elmúlik, elfedi az idő, az elvesztett emberek helyett jönnek
mások. Most örüljetek egymásnak, a férjed szeret téged, és megbocsájtja a fogantatásnak, hogy hibázott.

– Ámen – mosolyogta el magát Kata –, de csak neked mondom el, a fogantatás nem hibázott. Azt tette csak, amit én szerettem volna. Ezt azért ne mondd meg a páromnak.

A mosoly nevetéssé változott, mindketten nevettek, az asszony meg is könnyebbült kicsit.

Nagyon szerette Lackót, az egész korábbi életét dobta el a
férfiért, nem is tartott meg előző létéből semmit, csak a kislányát. Gondolni sem mert arra, milyen lenne az élete a férfi szerelme nélkül.

A beszélgetés után pihent egy keveset, de férje hiánya kínzóvá vált, hát ismét kisétált a kórteremből. Továbbment a tiszta,
babaillatot árasztó folyosón, elhaladt az újszülött szoba ajtaja
mellett, amely mögött pici lányát vigyázták. Próbálta kihallani
néhány babasírás között a sajátját, de nem sikerült, pedig pontosan tudta már, milyen. Biztosan jót alszik, gondolta. Ha tud-

ná szegény, milyen egyedül maradtak, biztosan jó nagyokat kiabálna. Lassan jutott el a látogatók számára fenntartott előtérig. Ebben az órában senki sem volt itt, a padok, a székek egykedvűen sorakoztak egymás mellett, most semmi dolguk nem akadt. Kata óvatosan ereszkedett le egyikükre, kezét a feneke, combjai alá tette. A padok hidegek, kemények, szenvtelenek voltak, az óvatlanoknak fájdalmat okoztak. Valamelyest kényelembe helyezte magát, gondolta, pár percet vár még, aztán mára lemond Lackó látogatásáról, akárhogy fáj is.

Nagyot dobbant a szíve, amikor férje alakját, arcát végre meglátta a lépcsőkön. A férfi bágyadtan mosolygott, arckifejezése messziről nem árulkodott semmiről, semmiféle érzésről, pedig Kata nagyon szerette volna látni a teljes elfogadást, az örömet. Lackó most szakállat, bajuszt növesztett. Ez volt az újabb hobbija, hiába mondta neki a felesége, hogy nem áll jól neki, mert öregíti, ment a saját feje után. Kata aztán nem bánta, ha neki tetszik, ám legyen. Ebből nem lesz vita.

Az asszony nem mozdult a helyéről, férje komótosan ért mellé, és langyosan üdvözölte. Kata forró csókot várt, Lackó lagymatag puszit adott, amit még jobban lehűtött a férfi kabátjából áradó, kintről érkező hideg. Egy angyalka sem kapaszkodott bele a kabátjába, gondolta Kata.

– Szia. Hogy vagytok? – köszönt inkább udvariasan, mint melegen Lackó.

– Megvagyunk, lassan – válaszolta Kata. Nem tudta, magáról beszéljen-e, vagy a piciről, mi esne most jobban a férjének, aki láthatóan kimért volt. Úgy döntött, nem beszél magukról, inkább kérdez, talán az feloldja Lackó feszültségét.

– Miért jöttél ilyen későn? Történt valami? Hogy van Léna, kivel van most?

– Lénára Terike néni vigyáz. Megírta a leckéjét, jól van, vár haza titeket. – A férfi görcse nem múlt, Kata furcsállotta, hogy miért nem arra válaszolt először, hol késett ennyi ideig.

– Más nincs? – kérdezte óvatosan, pár másodpercnyi csend után.

– De van – buktak ki lassan Lackóból a szavak.

- Mesélj! - bátorította az asszony, miközben kezét a férje öklére csúsztatta. Ő nem ellenkezett, talán jólesett neki felesége meleg, simogató keze.
 - Apám hívott, el kellett mennem hozzá.
 - Jaj nekem! - szakadt ki az asszonyból fájdalmasan. Lackó szemében látta a hideg, villózó, baljóslatú fényeket. Aztán megszűnt létezni az idő. Kata látta magát otthon, néhány héttel ezelőtt. A konyhában szöszmötöltek Lackóval, ő már alig fért a pocakjától, ügyetlenségükön jó nagyokat kacarásztak, mint általában a tehetetlenségen szoktak, párja még csúfolódott is rajta. Ajándékot csomagoltak, ezen igyekeztek, ajándékot, amit Lackó édesapjának vásároltak, névnapjára. Lackó várta, hogy készen legyen a két csomag, és elvihesse, köszönthesse amúgy nagyon szófukar, igencsak haragos apját. Egyedül készülődött, Kata nem ment, nem mehetett vele, neki még a köszönését sem fogadta az öreg.
 - Na, készen van végre - mondta Kata, megtapogatva fájós derekát -, mehetsz, drágám! Mondd meg légyszíves édesapádnak, hogy ezt a csomagot én küldöm, az én ajándékom. Nagyon sok boldogságot kívánok neki, és azért nem teszem személyesen, mert még sohasem hívott, meg nem is akar ismerni, pedig régen úgy éreztem, szeret engem. Áldja őt az ég!
 - Megmondom! - mosolygott a férfi, kabátot kanyarított a vállára, és elindult. Nem kellett messzire mennie, apja három háztömbbel lakott messzebb tőlük.

Ólmos lassúsággal telt a késő őszi délután, igen hamar besötétedett, talán borongott és esett is. Kata emlékezett, milyen várakozás volt a lelkében, amíg férje távol volt, hogy megtudja, milyen fogadtatásban részesült apjától, aki most nem számított a fia közeledésére, nem számított a köszöntésre, az ajándékra, csupa meglepetés lesz számára a mai este.

A meglepetés névnapot Kata találta ki, de Juci néni ihlette, a vele való beszélgetés ültette a bogarat a fülébe. Az ajándékozós este előtt néhány nappal egy délelőtti sétáján futott össze Imre bácsi szomszédasszonyával, ő volt Juci néni, aki arról kérdezte Katát, megbékélt-e már öreg barátja.

- Sajnos nem. Pedig én nagyon szeretném, ha legalább Lackóval békülne. Megérteném és el is fogadnám a haragját, ha csak velem tenné, de bánt ez a csend az egyetlen fia felé – mesélte Kata.

A fiatalasszony valóban szerette volna összebékíteni apát és fiát. Jobban bele tudott volna törődni, ha csak őt tagadja meg Imre bácsi, az sokkal jobban facsarta a szívét, hogy Lackóval sem beszél. Pankának, így hívta magában a pocaklakót, is szüksége lenne a nagypapára, és Lackónak is az apjára.

– Hát, tudod – folytatta a szomszédasszony –, én már régen beszéltem Imrével, de akkor megkérdeztem tőle, mi az a rettenetes dolog, amiért így bánik veletek. Más fiatalok is elválnak, de az nem jelent örökké tartó haragot. Képzeld, azért azt ő is belátta, mennyire rosszul éltek Lackóék, mégis úgy gondolja, nem ez lett volna a megoldás. Szerinte nem lett volna szabad elhagyni a fiúkat. Aztán meg is kérdeztem tőle, mit tettél te a gyerekeidért, beszéltél-e a fiaddal, érdeklődtél-e a menyednél, mi a gondjuk. Most aztán hogy képzeled majd? Egy életen át haragszol?

– Jaj! – kiáltott fel Kata. – Mit tetszett tenni!

– Ne izgulj, ezt én megtehetem, már ezer éve ismerem. Meséltem neki arról, milyen szép pár vagytok, mennyire szeretitek egymást, elmeséltem szép életeteket, ha már ő nem kíváncsi rá, és szemére hánytam gyerekes viselkedését. Hát nemsokára újabb unokája érkezik! Majd azzal sem fog beszélni? Megbünteti a babát, mert haragszik az apjára? Szóval kicsit helyre tettem apósodat. Azóta nem is találkoztunk, nem tudom, segített-e valamit nektek ez a beszélgetés, ezért kérdeztelek.

– Nem változott semmi – legyintett lemondóan Kata –, én legalábbis nem vettem észre. Lehet, hogy nem kellett volna Juci néninek szólnia emiatt, most magára is haragudni fog, hacsak már nem azt teszi.

– Ne bánkódj, túlélem. Valakinek meg kellett már mondani az igazat Imrének, nem élhet így örökké. Így is egyedül van, szüksége van a fiára, a családjára, akármilyen büszke is. Te meg csak vigyázz magadra, szeresd Lackót, éljetek szépen, erre legyen gondod!

Juci néni úgy érkezett az utcán Kata mellé, mint a forgószél, és úgy is távozott, a fiatalasszony talán még elrebegte, „köszönöm" meg „csókolom", de Juci néni már távol járt, nem is hallhatta. Délután elmesélte Lackónak a találkozást, ő csak mosolygott egyet, és sokkal jobban érdekelte Juci néni ténykedése, mint apja békülése.

- Fantasztikus helyen élünk, mindenki mindenkiről mindent tud, talán még azt is, mit vacsorázunk, mikor szeretjük egymást. És mindenbe bele is beszél.

Ezzel lement a pincébe, elkezdett fabrikálni valamit, vagy befejezni, amit régebben elkezdett.

Ezen az estén, amikor Kata egyedül maradt a lakásban Lénával, átismételték a másnapi leckét, közben megszületett a gondolat. Úgyis nemsokára névnapja lesz, meglepjük hát egy kicsit Imre papát. Azért nem úgy, hogy kórházba kerüljön újabb infarktus miatt, csak éppen annyira, amennyivel képes lesz a továbblépésre. Vagy jobb lesz, vagy rosszabb. Amikor a fiatalasszony bevonta tervébe a férjét, mindketten arról álmodoztak, jó kezdés lehet egy új élet felé.

Várta hát, várta Lackót. Az idő múlása azt jelentette számára, hogy egyre nagyobb a valószínűsége, hogy Imre papa nem dobta ki a fiát, és beszélgetnek. Biztosan beszélgetnek.

Nem volt hát türelmetlen, csak kíváncsi.

Már a vacsorát készítette éppen, amikor párja hazaért. Kifejezéstelen arccal vetkőzött, sem boldog, sem felszabadult nem volt.

- Hogy ment? - kérdezte érdeklődve Kata, és közben nagyon vigyázott, leplezni akarta izgatottságát.

- Nem túl jól - válaszolta a férje.

- De nem dobott ki, vagy mégis?

- Nem, nem dobott ki, de nem volt jókedvében.

- Bővebben? - érdeklődött most már Kata, és azt sem bánta, ha idegessége átragad a férjére.

Lackóból nehezen lehetett kiszedni bármit is, ha nem akart beszélni. Kata türelmesen várta a csend végét.

- Elmondta újból, már ezredszerre, milyen marhaságot csináltam. Tudtomra hozta, ő is sokszor válhatott volna anyám-

tól, meg hogy övön alul gondolkodom, mert az észnek nem kell megállnia, ha feláll a...
– Ki ne mondd, itt van Léna – csattant fel Kata. – Erről beszélgettetek ilyen sokáig?
– Többnyire igen. Felbontott egy üveg bort, iszogattunk egy pohárkával, ő veszekedett, én hallgattam. Sajnálta még a fiúkat, szeretné, ha nem felejteném el őket. Ja, és az sem tetszik neki, hogy még alig vagyunk együtt pár hónapja, és babát vársz. Nem biztos bennünk.
– Már hogy felejtenéd el a gyerekeidet? – hitetlenkedett az asszony. – Gyakran velünk vannak. Ezt a babát pedig mindketten akartuk. Miért fáj ez olyan nagyon?
Csend telepedett kettejük közé, a csalódottság, a hitetlenség, a hiábavalóság csendje. Így költötték el vacsorájukat, ám a mosogatáskor Katának eszébe jutott az ajándék.
– Odaadtad az én ajándékomat, elmondtad apukádnak, amit üzentem? – kérdezte férjétől.
– Persze, megígértem.
– És mit válaszolt? Nem üzent semmit? – kutakodott tovább.
– Nem. Nem üzent semmit, nem mondott semmit.
– De mégiscsak elfogadta.
– Elfogadta – válaszolta most már türelmetlenül Lackó –, de áruld már el, miért olyan fontos ez neked? Miért fontosabb, mint nekem? Engem nem nagyon izgat, beszél-e velünk, vagy sem, jól elvagyok nélküle. Neki is ott az élete, nekünk is. Neki is más a feladata, nekünk is. Legyen boldog magában, engem nem érdekel!
– Elfogadta az ajándékot. Az jó. Az már jó – szólt most révetegen a fiatalasszony, és nem beszélt többet. A férjének ma este már nem kell tudnia, mi a jó ebben, azt sem kell tudnia, miért fontos neki Imre bácsi jóakarata, szeretete, miért kell birtokolniuk a támogató, elfogadó bocsánatát. Nem magának gondolta, Lackónak és a kis pocaklakónak lesz szüksége rá, ha ő netán...
Elhessegette magától a félelmetes gondolatot. Szereti Lackót, nagyon szereti, ma este már nem fog neki fájdalmat okozni. Kicsit furdalta a lelkiismeret, amiért nem beszélt még férjének a

féleleméről, ami terhessége első percétől kezdve benne élt, arról sem beszélt még, hogy Terike néninél, a kedves szomszédasszonynál hagyott egy levelet, melyet Lackónak címzett.

Majd holnap elmondom, gondolta, holnap biztosan elmondom.

Egy hideg fuvallat visszarántotta Ginát a folyosóra, a férje mellé. Megborzongott.
- Nagyon kikaptál? - kérdezte.
- Ahogy szoktam - válaszolta szűkszavún Lackó. Gunyoros mosoly játszadozott a szája körül, szemében továbbra is villóztak a félelmetes fények.
- Miért nem tudja elfogadni a boldogságunkat? - értetlenkedett Kata, közben vigasztalón simogatta férje kezét. Őt kellett volna vigasztalni, mégis ő vigasztalt.
- Gondolom, a fiúk miatt.
- Vagy Vera miatt - lökte ki magából a szavakat az asszony -, biztosan imádta az első menyét, és most kevesebbet láthatja - gonoszkodott. Az „imádta" szó kínosan gonoszra sikerült.
- Ha így lenne, elveheti - fordult felesége felé Lackó, de a szája szegletében bujkáló mosoly nem tört erőre.
- Hű, de szemtelen vagy! - húzta fel a szemöldökét a homloka közepéig Kata, miközben a férjét nézte, akit most távolinak, szeretetlennek, hidegnek látott.

Kettejük közé furakodott Lackó szenvtelen, arrogáns kijelentése. Kata gondolatban újra elrepült a nem túl régi idők felé.

Most is magát látta, az étteremben. Tél végén a kásás, havas délutánt a szürke ködpára opálosra festette. Szomorú volt a nap, a feltámadó szellőcskékben azonban már a tavasz ígérete lengedezett, és ő, aki nagyon várta már a jó időt, megérezte ezt. Hosszú volt a tél, hosszú volt a bezártság férjével, Danival, és kislányával. Szeretett volna szabadabban lélegezni, és sokkal többet látni Lackót, aki tiltott gyümölcs volt a számára. Felesége volt, és két aprócska fia.

A két család közelről ismerte egymást, kis jóindulattal barátok is lehettek volna, ha Kata és Lackó egy közösen rendezett házibulin össze nem gabalyodik, és szerelmük nagyon hamar szárba nem szökken. Ügyesen titkolták ezt, a másik kettő azonban érzett valamit a titokból, ezért is nem lehetett szorosabb barátság a két család között.

Ezen a kora tavaszi délután együtt ebédeltek, ráérősen, nyugodtan, volt idejük, a gyerekekért később kellett menni az oviba. Nem voltak egyedül az étel- és italszagot árasztó falak között. A nem túl igényes helyen, a másik asztalnál Lackó apukája, Imre bácsi iszogatott elmaradhatatlan barátjával, beszélgettek, mosolyogtak. Imre bácsi egy mosolyt Kata felé is elküldött, talán hálából azért, amit érte tett nemrég.

– Jól van Apukád?– kérdezte Kata Lackótól két falat között.

– Most jól, de tegnapelőtt, késő éjszaka kellett ügyeletet hívni hozzá a ritmuszavara miatt – válaszolta a férfi.

– Csoda, hogy megúszta ezt az egészet ennyivel. Amikor ott várakozott a rendelőben, és olyan kék volt, mint a pulóvered, nagyon megijesztett. És még a doktor is olyan sokára érkezett meg. Azt hittem, ott fog meghalni. Még az a jó, hogy a mentők nagyon hamar kiértek, mert különben... hát, nem is tudom – folytatta a beszélgetést Kata. – Nem nagyon bíztam az injekcióban sem, amit adtam neki, de úgy örültem, amikor kezdte jobban szedni a levegőt.

– Hát hálás is lehet neked – kapcsolódott a beszélgetésbe felfortyanva Vera, Lackó felesége –, legalább neked hálás.

Kata nem értette vagy nem akarta érteni, miért mondja ezt. Benne motoszkált a rossz érzés, talán megtudott valamit a viszonyukról. Nem szerette Verát, akkor sem szerette volna, ha nem riválisok. Úgy érezte, fúria természetű, Lackót és mindenkit kihasználó, kényelmes és folyton elégedetlen. Morgós nőnek ismerte meg, véleménye az együtt töltött időkben inkább erősödött, mint gyengült volna. Szőkésbarna, inkább gesztenyébe hajló rövid haja, talán a kinti köd miatt, most összevisszának tűnt. Fehér bőrén szétszóródó szeplői ebben az évszakban halványabbak voltak. Nagy, barna szemei nulla melegséget sem tükröztek, inkább nyugtalanul vibráltak vagy fáradtan csukódtak. Vékony ajkai kemény akaratosságról árulkodtak. Nem

túl magas, molett, de inkább már kövér testalkata miatt már
az első találkozásukkor kivívta Kata előítéletét, nem szerette
az elhízott embereket.

– Nem vártam hálát. Csak a fájdalmát csillapítottam. Bár tehettem volna többet érte! – mondta végül szinte bocsánatkérőn Kata, aztán félénk mosolyt küldött a másik asztal, Imre bácsi felé, aki most ezt nem vette észre.

– Többet! – kapaszkodott a mondatba Vera. – Mi többet teszünk, mégsem jó.

– Hagyd már – csitította Lackó.

– Baj van? – érdeklődött most Dani, aki egészen eddig nem avatkozott a beszélgetésbe.

– Persze, hogy van – folytatta kíméletlenül Vera –, miért ne lenne! Nem elég, hogy még vasárnap is kora reggel kell felkelni, hogy a papának délben ebéd legyen az asztalán, nem elég, hogy kívánsága szerint kell élni és főzni, meg Lackó még helyébe is viszi, már az éjszakáink se nyugodtak az infarktusa óta. Amióta anyósom meghalt, minden hétvégénk arról szól, mit kíván a papa. Most meg a betegsége is! Lassan minden napunkba belecsúszik, és – emelte fel a hangját és a mutatóujját – még nem is beszéltem arról, milyen gyakran piás, nézd meg, most is iszik. A barátja is csak a rosszat teszi vele. Aztán meg az éjszaka közepén kell hívni az orvost! Az bezzeg eszébe se jut, milyen jólesne, ha néha egy kis időre elvinné például a gyerekeket. Nekünk is kellene, jól is esne egy kis pihenés. Na, ezért lehetne hálás! Legalább néha.

Kata szívébe szomorúság költözött, bár ismerte Vera véleményét és kínjait, Lackó már mindent elmesélt neki.

– Sajnálom – préselte ki magából, de igazából mást gondolt. Bár elmondhatta volna, mi jár a fejében, mennyire szánalmasnak érezte a monológot. Nem lehetett rosszban ezzel a nővel, nem akarta a sértődését, akkor még ritkábban látta volna szerelmét.

– Hát, én is sajnálom. Leginkább magamat – szórta tovább a szikrát Vera.

– Képzeljétek el, Kata tanfolyamra megy nemsokára – igyekezett oldani a feszültséget Dani, miután észrevette a szomszéd asztalnál iszogató két öreg feléjük forduló érdeklődését. Nem mondta jókedvűen, inkább morcos volt, mint aki nem örül igazán.

– Nocsak – kapta fel a fejét tányérjából Lackó.

– Ja. Nem tud még eleget a kisasszony – Dani hangja csúfondárossá vált –, kell az ész a házhoz.

– Undok vagy – szólt Kata. – Nem tudom, mi a bajod ezzel, már napok óta ezen vitatkozunk. Aztán a többiekhez fordult.

– Csak kevés időről van szó, és még nem is holnap. Ha elvégzem a tanfolyamot, kaphatok másik beosztást, tágul a látóköröm, egy lépcsővel feljebb léphetek. Mitől olyan érthetetlen ez? A te nagyságodat, királyom, úgysem tudom felülmúlni, szerinted elérni sem. Különben meg nem érdekel, mit mondasz, elmegyek, és kész, nincs ezen mit ragozni.

– Én nem fogok ennyi ideig a gyerekkel bajlódni meg kijönni a műszakból, ugye, tudod? – rugózott a témán Dani.

– Hát persze, tudom én, csak az én gyerekem! Én bajlódhattam vele két évig, míg katona voltál! – vágott vissza Kata.

– Nem magamtól mentem, és nem is szórakoztam – védekezett a férj –, de ha egy kicsit segítőkészebb lettél volna, csak egy évig időztem volna.

– Muszáj ezt most? – csapta kanalát az asztalhoz Kata. – Sajnállak a két év miatt, de mindannyian szenvedtük.

– Még egy gyerek kellett volna, de te hallani se akartál róla – hánytorgatta fel Dani a múltat.

– Erről nem fogok most itt beszélgetni veled, ezredszerre már – fordult ki a vitából az asszony.

– Akkor sem kellene most elmenned! Mit akarsz még?

– El fogok menni, a fejed tetejére is állhatsz – halkított Kata, mert észrevette, hogy lassan mindenki rájuk figyel.

– Te tudod – zárta rövidre a veszekedés felé forduló beszélgetést Dani, s hogy hatásosabb legyen, széttárta a karjait, majd két oldalról megfogta az asztal szélét, és diadalmasan nézett szét.

– Igen. Én tudom – fejezte be Kata is.

– Hát, látom, nálatok is áll a bál – mosolyogta el magát Vera, és valamiféle elégedettség tükröződött az arcán. Láthatóan jobban érezte magát, látva Katáék kínját.

43

Lackó, akibe közben beszorult a fojtott indulat, letette az evőeszközt, jelezvén, befejezte az ebédet. Homlokáról arcára csorgott a szomorú fájdalom.

Valahol kinyitottak egy ablakot, huzat lett a folyosón. A függöny libbenését úgy látta Kata, mintha a nemrég elképzelt angyalkái emelgették volna, a vetülő fényben fogócskáztak vagy inkább bújócskát játszottak. Valamelyik baba keserves sírásra fakadt, talán a pocakja fájt, vagy a fürdővíz nem tetszett. Kata a hang felé fordult, eszébe jutott, még semmit nem mondott magukról a férjének. Fészkelődött egy kicsit, ettől a férfinak is mozdulnia kellett. Most látta csak, milyen fáradt az arca, milyen gyötört, kínlódó. Nagyon sajnálta Lackót, tudta, milyen rosszul érezheti magát az apjával való kellemetlen beszélgetés után.

– Jól vannak a fiúk? – kérdezte, igazából nem is tudta, miért.

– Aha – válaszolta Andris –, örülnek a babának, csak nem értik, miért lány, nem fognak tudni majd játszani vele.

– Dehogynem – igyekezett Kata gyorsan eloszlatni a felhőket –, majd fiús játékokat kap, ha megnő.

Lackó valamivel oldottabbá vált, most ő fogta meg felesége kezét. A szemébe nézett.

– Mindenki gratulált, sokan örülnek velünk.

– Az remek – sóhajtotta Kata.

– Van még más is – kínlódta ki a szavakat a férfi.

– Nem volt jó napod, már látom – vigasztalta ismét Kata –, elmeséled?

– Azért is hívott apám, mert meg akart ajándékozni bennünket a pici születése alkalmából, és nem tudta, mit vegyen. Jó, hogy megkérdezte, és nem vett felesleges dolgot – fejezte be a mondatot, aztán hosszú ideig csendben maradt. Küszködött magában.

Kata rosszat sejtett, hát ő is hallgatott. Ismét megborzongott, az emlékezet hideg pásztákban nyargalt le és fel a hátán. Hallgatott és emlékezett.

Látta magát lakása kisszobájában, késő éjjel, nem sokkal azután, amikor visszaérkezett a tanfolyamról. Dani már nem lakott otthon, néhány napja költözött vissza a szüleihez.

Lackó ezen az éjszakán éppen arról regélt Katának, mennyire tetszik neki az asszony bátorsága, és egy kicsit irigyli is, amiért ilyen gyorsan és határozottan vágta ketté élete fonalát Danival, és tulajdonképpen neki meg nagyon örülnie kellene, mert már szabad a pálya. Kettejük helyzetében azonban nem tervez változást, ő most képtelen lenne otthagyni a családját. Nagyon kicsik a gyerekek, nem is tudná megbeszélni velük, nem is értenék meg, és egyébként neki nagyon megfelel, ha időnként el tud szakadni otthonról egy-egy órácskára. Egyszerre lelkesült és tiltakozott. Kata sokáig hallgatott akkor is. Sokkal tovább, mint szokott, ez feltűnt Lackónak, aki az asszony ölében, önelégülten cigarettázott.

–Valami baj van, megbántottalak? – kérdezte.

Kata sírva fakadt, de a sírása nem azt fejezte ki, hogy őt most sajnálni kell. A sírása egy határozott asszony sírása volt, inkább elengedésről, búcsúzásról, várakozásról szólt.

Aztán, mint a nyári zivatar, hirtelen, váratlanul csattant, s közben villámokat szórt.

– Áruld már el, mit képzelsz magadról meg rólam, meg úgy általában. Azt hiszed, neked ebben az egész helyzetben nincs felelősséged? Most úgy gondolod, azt teheted, ami jólesik? Nem érdekel, nem foglalkozol vele, mit érzek, mit akarok? Mondtam neked, hogy elválok. Megmondtam az elutazásom előtti napon, nem érhetett váratlanul. Szeretjük egymást, legalábbis így gondolom, vagy most még így tudom, mert ezt mondtad. Nem tudok, és nem is akarok már nélküled élni, és nekem nem elég a pásztoróra. Teljesen akarlak, én többé nem osztozkodom! Sem rajtad, sem semmi máson! Sem Verával, sem mással! Kellesz nekem, és nem érdekel, mi lesz utána! Nem érdekel a szegénység, nem érdekel a családi ellenállás, nem érdekel a világon senki a lányomon és rajtad kívül! Teljes szívvel szeretlek, Lackó, de ha te most úgy sétálsz ki azon az ajtón, hogy nem teszel értünk, a közös jövőnkért semmit, ne is gyere többet – pattogtak a mondatok, miközben az asszony arca ázott a könnyben.

45

– Ne sírj, én is nagyon szeretlek – vigasztalta a férfi.
– Ezt mondtad eddig is! Ezért merek tervezni! Ezért vállaltam a lenézést, a megaláztatást! Akkor most mi a gondod? Mi ketten bármit, érted, bármit meg tudunk oldani.
– Nincs baj, én is szeretnék veled élni, csak még nem készültem fel teljesen. Azt sem tudom még, hová menjek – érzékenyült el a férfi is. – El kell jönnöm otthonról.
– Nem tudom, honnan tudnám, nem tudok egyedül megoldani mindent – szipogott még Kata.
Aztán együtt sírtak, talán így köszöntek el addigi, boldogtalan életüktől.
Mire a hajnal rájuk köszönt, megérlelődött bennük új életük elkezdésének minden részlete. Csak az első lépést volt nehéz kitalálni, Lackónak nem volt hová mennie. A nagyon fáradt, de nagyon boldog Kata fejébe érkezett meg a gondolat.
– Megkérdezhetnéd apukádat, hátha megengedi, hogy átmenetileg, amíg a válás le nem zajlik, odaköltözhess – adta az ötletet Kata, és Lackó is jónak találta a gondolatot.
Néhány nap múlva megkapta a választ is Imre papától: „SZÓ SEM LEHET RÓLA".
Soha többet látni sem akarta a fiát, és hónapokon keresztül tartotta is magát ehhez.

Odakinn sötét este lett. A látogatószoba ablakain beragyogtak a korai csillagok. Fényük a messzi galaxisokból érkezett, tündöklésük megkopott, mire idáig ért.
– Fázom – tért magához ma este már sokadszorra Kata.
Összébb húzta magán a köntösét, Lackó levetett kabátja már jól átmelegedett, azt felsegítette felesége vállára. Ma este ez volt az első kedves mozdulata. Mégiscsak elbújt valahol egy angyalka.
– Egyébként vásárolt volna a papa, vagy neked kellett volna megvenned az ajándékot magunknak? – kérdezte lassan, ironikusan az asszony.
– Nem akart vásárolni, mondtam neki, mi már mindenről gondoskodtunk Pankának.

– És akkor most van ajándék, vagy nincsen? – kérdezte enerváltan Kata.
– Ajándék nincsen, ideadta pénzben, amit erre az alkalomra szánt.

Lackó a földet nézte, heves indulatra számított Katától, de az asszony most nem csattant fel.
– Elfogadtad?
– El.
– Jaj, Lackó, pedig megbeszéltük! Soha többé egy forintot se! – szomorodott Kata hangja.
– El kellett fogadnom, szükségünk van rá – fejezte ki magát nagyon tárgyilagosan Lackó –, szükségünk van a pénzre. Gyakorlatilag egy fillérünk sincs.

Kata szeméből szivárogni kezdtek a könnyek. Már nem akart emlékezni, de az este nem kímélte, fájdalmas varázslatot játszott vele. A képek peregtek előtte, mint egy mozifilm, belemásztak az elméjébe, újra átélte, teste, lelke sajgott miattuk.

Az az emlékezetes éjszaka sorsfordító volt. Lackót anyai nagymamája fogadta be, ott lakott hónapokig, amíg a válás le nem zajlott, onnan látogatta éjszakánként Katát, aki végtelenül boldog volt, és boldoggá tette a férfit is. A két válás után hamar összekötötték az életüket, a sötét, mámoros éjszakákból egykettőre kiléptek a fénybe, a nappalokba, ahol megannyi áskálódás, bánat, összeesküvés, lenézés, pletyka szomorította őket. Tudták, a kicsi lakóparkban nem lesz könnyű új életet kezdeni, arra azonban mégsem gondoltak, mennyi minden rosszat kell elviselniük. Viselték mindketten, hősiesen. Merészen vették az akadályokat, erősek voltak, mert este összebújtak, hárman, mint akiknek senkijük sincs a világon, és szerették egymást. Hármójuk összetartozása, a két fiatal szerelme minden napközben kapott rosszat, fájdalmas nyomorúságot felülírt.

Csak a szegénységet nem írta felül. Azt viselték a legnehezebben. Lackó gyerektartást fizetett, Kata rosszul jött ki a válásból, egy ideig adósságaik voltak, nagyon kiszámítva éltek. Nem voltak nagy igényeik, Lackó minden mellékesen jött munkát elvállalt, mégis voltak filléres gondjaik.

Néhány hónap múlva tönkrement az ágyuk. Nem annyira, hogy ki kellett volna dobni, Lackó viszont nem tudott aludni rajta, néhány hete már állandó derékfájás kínozta. Elhatározták, vesznek egy másikat, ami kényelmes és praktikus, nem mellesleg, a férfi derekának is éppen megfelelő. Nem volt elég a pénzük, de nem akartak várni tovább. Újra csak a papa jutott az eszükbe, nem tudni, miért. Lackó szerette volna, ha apja kisegíti, talán kicsit közeledni is akart már hozzá. Elment hát beszélgetni, meg a kölcsönért.

Aztán hazajött, és elkeseredetten elmondta, soha többet nem megy hozzá, pénzért meg pláne nem.

– Mit mondott? – kérdezte Kata, aki ekkor már tudta, gyerekük lesz.

– Megkérdezte, hogy „na, mi van, a nagy boldogságban nem tudtok spórolni?"– válaszolta keserűen Lackó. – Olyan gúnyos és nagyképű volt, szánalmas senkinek érzem magam miatta. Lehet, hogy ivott is.

Végtelenül bánatosak, magányosak, megalázottak voltak, a fiatalasszonyban azonban felbuzogott a büszkeség, erre biztatta férjét is. Nem erősítette benne a haragot, csak megbeszélték és megfogadták, soha többet senkitől, de főleg apukától nem kérnek, még kölcsön sem. Inkább éhen halnak.

– Ne sírj! – vigasztalta Lackó, miközben zsebkendőért kotorászott a zsebében.

– Már nem sírok, és most nincs erőm sem az ellenkezéshez, megbántani sem akarom apádat. Tegyük fel, jóindulattal tette. Tegyük fel. Majd megköszönjük neki otthon. Végül is a névnapi ajándékot sem utasította vissza, lehet, megbocsájt végre.

– Ne álmodozz, Borcsa!– szólt rá Lackó. Mindig Borcsának szólította, amikor kedveskedett.

– Nem álmodozom, csak sóvárgok. Sóvárgok egy bocsánatért. Bár már nem is olyan fontos. Már nem – válaszolta Kata, félénken mosolyogva, titokzatosan, és ültében is kiegyenesítette a derekát, amiről azt gondolta, soha többet nem hajol meg senkinek.

Lassan mindkettőjük lelkébe békesség költözött. Néhány angyalka végigszáguldhatott a folyosón, boldogságcseppeket hintve a levegőbe. A két fiatal beszélgetett még kicsit, összebújtak, jövőjüket tervezték, amiben már nem hárman, hanem négyen lesznek. Bármi lesz is velük, szerelmüket elég erősnek érezték a nehézségekhez. Lackó meleg öleléssel köszönt el, és kérte, vigyázzanak magukra. Kata megígérte, így lesz, és még két nagy puszit adott Lackónak, amit Lénának küldött.

Panka szépen fejlődött, rendes időben, annak rendje-módja szerint hazabocsátotta őket az orvos. Nagy volt a boldogságuk, főleg a lányoké, de addigra már Lackó is majdnem megbarátkozott lányos apa mivoltával. Még nem volt az igazi, még valami hiányzott a régi, szerelmes férjből, talán egy-két angyalka.

Az első napokban Kata anyja segített, nem túl barátságosan, de pár napra meg is főzött. Lackó is otthon maradhatott a munkából. Léna nagy szeretettel fogadta a kistestvért, nyolcéves kis eszével felfogta, mennyi törődést igényel egy ilyen pici baba. Meg is osztotta új felfedezését anyjával.

– Anyu, én nagyon vártam Pankát, de nem gondoltam, hogy ennyi baj lesz vele! – mondta egyik délután, amikor már sokadszorra ültek le átnézni a leckét, és Panka mindig belesírt a beszélgetésükbe.

Egy napfényes délelőttöt követő nem túl hideg decemberi délutánon a pincéből felfelé jövet Terike néni, a szomszédasszony állította meg az újdonsült apát, érdeklődött a pici babáról, Katáról. Lackó tényszerűen, kicsit kényszeredetten válaszolgatott, nem volt lelkes, még nem szeretett a lányáról beszélgetni. Terike néni, miután megtudott tőle mindent, amit szeretett volna, egy borítékot adott oda neki, azt mondta, Kata tudni fogja, mi ez, és miért volt nála.

– Mi van ebben? – vonta kérdőre kíváncsian, de élesen is Katát, miután beért a szobába.

Az asszony rápillantott, mi van a férje kezében, de nem jött zavarba, nem is hagyta abba a pelenkák vasalását.

– Egy levél neked.

49

- Nekem? Miért? Ki írta? Te írtad? Miért volt a szomszédban? - záporoztak a kérdései Kata felé.
- Igen, én írtam, neked, amikor még azt hittem, valami baj fog érni engem a szülés alatt - válaszolta nyugodtan Kata.
- Milyen baj? Miről beszélsz? - hitetlenkedett Lackó.

Az asszony most leült, kezét az ölébe ejtette, fejét lehajtotta, gondolkodott, majd férjére nézett. A szemei elfátyolosodtak, amikor a mondókájába kezdett.

- Már régen el kellett volna mondanom neked, de akkor nem született volna meg Panka. Sohasem engedted volna a terhességet, és most nem lennénk ilyen boldogok.
- Mit nem engedtem volna? Nem beszélnél végre világosan? - sürgette a férfi.
- Emlékszel arra az ebédre, amikor Dani olyan csúnyán a szememre vetette a két év katonaidőt, és hogy nem voltam hajlandó szülni? - kérdezte Kata.
- Ja, rémlik valami - révedezett a férfi -, hát nem volt valami finom.

Az asszony tovább mesélt.

- Utánajártunk annak a törvénynek, hogy két gyerek után leszerelhetett volna-e Dani. Én, a rendes feleség, aki készül megmenteni a férjét, elmentem a nőgyógyászhoz, aki Léna születése után megoperálta a nagy méhszájsebeket. Nem sok jóval kecsegtetett, borús képet festett egy újabb gyermekkel kapcsolatban. Egy újabb terhesség, szülés katasztrofális is lehetett volna szerinte, akár ott is maradhattam volna a szülőágyon. Nagyon féltem akkor, nem volt kivel megbeszélnem, nem osztottam meg Danival sem. Ő utálta a katonaságot, és mindenáron le akart szerelni, engem okolt, amiért nem sikerült. A váláskor sem mondtam meg, miért nem voltam hajlandó ismételten teherbe esni.

Míg az asszony mesélt, Lackó egyre inkább magába fordult, Kata már látta a szemén, nincs vele, nem is tudta, elérnek-e a szavai hozzá.

- Amikor veled terveztük, legyen-e közös gyerekünk, először nagyon megijedtem, de a szerelmem és a közös gyerek utáni vágyam elnyomta ezt a félelmet, nem is akartam tudni róla.

Az első jelentkezésemen az orvos a fejét fogta, és egyre csak azt bizonygatta, valószínűleg nem vagyok normális, és reméli, tisztában vagyok a lehetőségeimmel a befejezést illetően. Megkérdezte tőlem, miért ő az a szerencsétlen, akinek világra kell segítenie ezt a babát. Hát, igen nagy kihívást jelentettem a számára. Aztán ahogy múlt az idő, hiába beszélgettünk sokat minden vizsgálaton, egyre nyilvánvalóbbá és feszítőbbé vált a félelmem, nemcsak magam miatt, azért is, mert akkor már senkid nem maradt volna a gyerekeken kívül. Most már tudod, miért szerettem volna olyan nagyon Imre papa bocsánatát. Szükségetek lehetett volna rá, ha velem történik valami. Valami rossz, valami visszafordíthatatlan.

Lackó lassan elsétált a gyerekágy felé, lehajolt Pankához, aki jóllakottan szendergett, pillái meg-megrebbentek, láthatóan álmodott.

– Így hordtad őt kilenc hónapon át? Ezzel a tudattal? Ezzel a félelemmel? És én miért nem tudtam erről? Miért nem vettem észre semmit? – kérdezte.

Nem tudta leplezni Kata előtt a meghatódását, a büszkeséget, ami elkezdett szivárogni a szemén.

– Hát igen – felelte megkönnyebbülten az asszony –, ha tudtad volna, nem engeded. Ebben a levélben, amit akkor írtam, amikor már nagyon féltem, és csak pár hét volt a szülésig, mindezt elmeséltem, és arra kértelek, neveld tovább Lénát és Pankát. Ne add oda őket senkinek.

Kata is a kiságy mellé indult, megállt a férje mellett, és megkönnyebbülten ölelte át a derekát.

– A doktor bácsi nagyon ügyes volt, mindent elkövetett értünk, talán ő volt a legboldogabb, hogy mindannyian túléltük. Sokat tett a boldogságunkért. Ennek a levélnek már semmi, de semmi jelentősége nincsen, csak elfelejtettem visszakérni. Itt vagyunk mindketten egészségesen, és nagyon szeretünk téged.

– De van jelentősége – szólt most a férje, miközben letörölte a sós cseppet az arcáról –, ma este lett igazán jelentősége. Nagyon büszke vagyok. Főleg rád, Borcsa! Erős, bátor csaj vagy!

Az angyalok most kis kezükkel betakarták a szemüket, mert Lackó, nagyon hosszú idő óta először, forrón, szerelmesen csókolta meg a feleségét.

A megpróbáltatások azonban ezen az estén még nem értek véget a férfi számára. A lányok éppen szoptatás után voltak, Kata karjaiban tartotta lányát, a férfi már igazi szeretettel bámulta őket, Léna a táskájával szöszmötölt, készült a holnapi sulinapra. A családi idill pillanatok alatt szertefoszlott, amikor kopogtatást hallottak. A fiatalok értetlenül néztek egymásra, régóta senki sem akart bejutni hozzájuk.

- Vársz valakit? - kérdezte Kata a férjétől.
- Én ugyan nem, de megnézem, ki az. Lehet, hogy téged szeretne látni valaki - válaszolta, és mosolygott.
- No hiszen, pont engem - vidámodott az asszony -, engem, a csábítót, a gonosz Antikrisztust?

A bejárati ajtót hallotta nyílni Kata, de sokáig más zaj nem hallatszott, ez kíváncsivá tette. A babával a karján lassan elindult a férje után. Az ajtón belül Lackó hátát látta, az ajtón kívül pedig, nahát!

Az ajtón kívül Imre papa álldogált, láthatóan nagyon zavarban. Sapkáján éppen olvadni készültek a hópelyhek, a bentiek észre sem vették a kinti időváltozást. Kezében csomagot tartott, és nem tudott szóhoz jutni.

- Engedd már be a papát! - szólt férjének az asszony, aki hamarabb tért magához.

Lackó lassan mozdult, még mindig úgy nézett az apjára, mint akinek látomása van.

- Szia, apa - állt félre, utat engedve a látogatónak.

Apja komótosan, meggondoltan, félig mosolyogva, félig zavart pillantásokkal lépett be az ajtón.

- Jó estét!- köszönt.
- Csókolom. Magának is jó estét! - szólította Kata. - Tessék csak beljebb jönni! Csak bátran.

Imre bácsiból nehezen jöttek a szavak.

- Én már terveztem... meg... akartalak látogatni... már hamarabb, mielőtt... még elmentél a... kórházba... éppen azon a napon...

52

- Én még maradtam volna, de hát annyira nagyon sietett ez a lány, sürgetett engem is, menni kellett, nem tudtuk megvárni a papát! - segítette ki könnyen, mosolyogva, nagy örömmel Kata az öreget.

Lackó szája még mindig nem csukódott be nagy ámulatában, úgy akasztotta a fogasra apja kabátját.

Kata természetesen, mintha mindig is így tett volna, elfogadta a csomagot, az apósától, a szobába invitálta, leültette, és Pankát, aki addigra szuszogva aludt a karjaiban, óvatosan nagypapája kezébe fektette. Lackó süteménnyel, borral kínálta apját, most eszébe sem jutott, mekkora fájdalmakat okozott nekik nem is olyan régen. Kisvártatva Léna is közéjük kucorgott, anyja lába elé telepedett, fejét az ölébe hajtotta, békésen hallgatta a felnőtteket.

Kata megálmodott angyalkái akkor, decemberben mindenkibe belekapaszkodtak. Izegtek-mozogtak, ficeregtek, játszadoztak és kergetőztek, mutogatták magukat a látóknak, csodákat varázsoltak a hívőknek, megbékélést kínálgattak a jóakaratúaknak.

Befészkelték magukat az ő lakásukba, az ő családjukba is. Amióta Imre papa meglátogatta őket, Kata folyamatosan érezte jelenlétüket. Segítségükkel a három felnőtt lelkébe békesség és megbocsátás született, néhányuk közreműködése által beteljesült a csoda, ami után Kata oly nagyon sóvárgott.

Karácsony előtt néhány nappal felolvasztották a már-már jéggé dermedt férfiszíveket.

Augusztusi csillaghullás

Julinak ma már nagymama hangulatúak az augusztusok. Illatokkal, ízekkel, érzésekkel.

Benne vannak a befőttek, lekvárok illatai, a nyár végi gyümölcsök mézédes íze és az elmúlt fél évszázad egy-egy felkavaró hangulata, nosztalgiája és fájdalma, amit hamar tovalibbent unokájának csilingelő, játszani hívó hangja.

A nagymama hangulatban megidéződnek a gyermekkori, nehezen múló, kesernyés nyarak, a fiatal felnőttkor lelkiismereti válságai lopott nyári találkák miatt, a későbbi harcok, megmenthetőnek hitt házasságáért. Emlékei a lelke mélyéből érkeznek, ahová már régen száműzte őket, mégis, mint valamiféle jelenés, újra és újra felkeresik, felzaklatják, marcangolják. Minden augusztusban.

Akkor is augusztus volt, s ő már jó ideje nem érezte túl jól magát a bőrében. Nagyobb lánya kamasz volt, korának összes defektusával küzdött. A kisebbik, aki az elsőtől jóval később született, nagycsoportba készült, már izgatta a változás, az új óvó néni.

Munkahelyi válságok is kellemetlenné tették az amúgy is nehéz, minden fillért kiszámító hétköznapokat, de Juli tudta, a rossz érzéseinek nem ilyen egyszerű, nem ilyen kézzel fogható oka van.

Úgy érezte, bár megfogalmazni még nem is tudta igazán, lassan szétcsúszik a házassága. Egyre jobban elhidegült tőle a párja, nem kereste már a kedvét, nem dédelgette, nem szerette. Többször szervezett magának magányos programokat. Akkor, azon a nyáron, mindez több volt az addig megszokott csavargásoknál, amit Juli szerelme, bizalma megengedett. Párja hidegebb lett, konokabb, nem kívánta a család közelségét, nem is terveztek közös programot. Nem voltak közös barátaik, egymással éltek, de inkább csak egymás mellett, ki-ki a saját életével volt elfoglalva, még a lányok is. Juli még nem gondolt másik nőre, még el sem hitte, hogy vele ez előfordulhat, de féltékeny volt minden olyan dologra, ami rajta kívül boldoggá tudta tenni a férjét. Együttléteik akaratosakká, birtoklóvá váltak. Nem az érzelmek, inkább a „nekem erre szükségem van" ésszerűtlensége jellemezte a régen meghitt pillanatokat. Gyula tudatosan maga alá gyűrte, mint a kispárnáját.

Abban az évben pillanatok alatt ért véget a nyár, az augusztus úgy libbent be az életükbe, mint egy rakoncátlan szellőgyermek. A szeptember elérhető távolságba került, rögtön itt az iskola, az óvoda, s még nem nyaralt a család, nem is terveztek ilyet, és nem a nehéz anyagi körülmények miatt. Mindez tetézte Juli rossz kedvét. Fáradt volt, bizonytalan, sértett, megalázott.

Vasárnap volt, s ő nagyon igyekezett, hogy minél hamarabb elkészüljön az ebéd. Megszokták már a korai ebédet, rögtön asztalhoz ültek, amikor apa a kertből, a garázsból, a tanyából, a barátoktól vagy a bisztróból megérkezett. Kézmosásnyi idő után gőzölgött a friss étel az asztalon. Nem volt ebben semmi furcsa, így történt ez már sok éve. Julit a közös életük első hónapjaiban a bizonyítási kényszer hajtotta, különb akart lenni apa volt feleségénél, később kötelezővé tette magának, annál is később pedig már a férje tette szóvá, ha nem így történt valamiért, és nem ülhetett az asztalhoz a saját, jól megszokott helyére.

Ez a vasárnap valahogyan más volt, mint a többi. Ezen a vasárnapon az asszony komolyan kételkedett. Nem igazán hitt ma Gyulának. Ott van-e, ahol mondta reggel, vagy máshol eszi a fene? Ha meg mégis ott van, akkor mi a bánatot csinál egész délelőtt? Mi az oka, hogy jókedvűen, vidáman érkezik, miközben őt szétmarja a kétely, a kíváncsiság? Miért nem szerelemből kellek neki? Miért nem jó neki velünk? Ezer kérdést tett fel magának Juli, és ezer kérdésre nem tudott válaszolni. Gyanakvása, aggálya kínozta, bizonyosságot akart. Azt tervezte, még ebéd előtt kimegy a férjéhez a garázsba, meglepi, és megbeszéli vele titkos tervét egy hosszú hétvégéről a Balaton mellett, a főnöke nyaralójában. Tisztes munkatársi kapcsolatban álltak ők ketten egymással, a hosszú évek alatt sohasem beszélgettek magánéleti dolgokról, most azonban feltűnt a főnöknek Juli szomorúsága. Felajánlotta, menjenek le néhány napra családostul hozzájuk kikapcsolódni.

– Fáradtan és enerváltan, csak félgőzzel tud dolgozni. Pihenje ki magát! – szólította fel a főnök a fiatalasszonyt.

Juli akkor, azon az augusztusi vasárnapon úgy gondolta, a huszadikai hosszú hétvégét megtoldva néhány nappal valóban nyaralhatnának egy kicsit, ezzel talán ismét közelebb kerülnek egymáshoz Gyulával. Ha ők ketten jól lesznek, összetartóbbá válik a család, fel tudnak készülni az elkövetkező, munkanélküli, nem könnyű időszakra. Ez az idei nyár utolsó lehetősége.

Ezt szerette volna megbeszélni Gyulával, gyerekek nélkül, nem kis kíváncsiságtól hajtva, ott van-e valóban Gyula, ahol mondta, és mivel tölti a délelőttöt.

A férje nem füllentett, a garázsban szerelte az autóját. Mosolygott, jókedvű volt, derűs és kiegyensúlyozott. Nem örült különösebben felesége érkezésének. Tudta, különös oka van a megjelenésének, és valami szokatlan, valami nem tetsző dolog fog következni.

Juli megérezte kelletlenségét, és nem volt kíméletes. Egy szuszra nyakon zúdította férjét a hónapokig tárolt keserűséggel, bánattal, elmulasztott lehetőségekkel, a Gyula számára nem létező jövőképpel, hiányérzetekkel. Beszélt a szeretet hiányának érzéséről, eldurvult szerelmi életükről, és arról a felelősségről, amit szerinte a férjének éreznie kellene iránta, a gyerekek iránt. Végül elmondta a féltve dédelgetett tervét a nyaralásról, a kikapcsolódásról, és ügyesen meg is indokolta, miért van erre szükségük.

Gyula kelletlensége így sem múlt el, még egy gunyoros mosoly is ott bújócskázott az arcán, de nem szólt vissza. Csendben fütyörészett. Jól tudta, ettől jobban semmi sem tudja felbőszíteni asszonyát. Akkor is a „nem tartom jó ötletnek" gondolata látszott rajta, amikor igent mondott.

Juli elégedett volt. Nem érdekelte, hogyan jutott el a férje a beleegyezésig. Csak arra tudott gondolni, hogy majd az ottho-

nuktól távol, elfeledve minden bajt, átértékelődnek a dolgok, ők ketten megtalálják azt, ami ma még elveszőben van.
Elutaztak, Juli tervei szerint. A nyaralóban elfoglalták a szálláshelyüket. Egy aprócska szoba, még apróbb konyhával, önellátással. A fürdőszoba, WC a másik épületben, ahol a főnök lakott. A berakodás után rögtön fejtörést okozott nekik, ki, hol, kivel alszik, kinek mit kell nélkülöznie az egy hét alatt, és ebben a nem kis dilemmában Gyuláé volt a legnagyobb. Hol lehet majd kettesben a feleségével, legalább tíz percet? Juli számára rögtön kiderült, nem lesz felhőtlen a nyaralás. Elhessegette rossz érzését, s úgy tett, ahogyan kis családja kívánta, igyekezett szem előtt tartani Gyula igényeit, miközben türelemre intette a lányokat.

A délelőttök főzéssel, bevásárlással, sétával teltek, délután pedig pancsi a Balatonban.

A lányok aranyosak voltak, segítettek anyjuknak, Gyula simulékony modora pedig elbűvölte a házigazdákat. A főnök jelenléte, családjának közelsége nem tette lehetővé egyiküknek sem, hogy életük nagy válságát itt és most rendezzék.

A nappalokban nem is volt semmi hiba. Voltak viszont esték és éjszakák. Miután besötétedett, heves vita robbant ki közöttük. A minden esti veszekedés oka a fürdőszoba volt, illetve a fürdőszobában történtek. Mert amikor ők ketten elvonultak fürdeni, Gyula nem fogta vissza magát. Erőszakos, „KELL" vágyai ülve, állva, mindegy, hogyan, de érvényre jutottak. Juli csendben teljesítette ura akaratát, miközben nagyon szégyellte magát. Elképzelte, ahogyan a háziakhoz kihallatszik Gyula erőlködése. Az egyetlen fürdőszoba éppen a nappaliból nyílt, így minden pisszenést lehetett hallani, fürdőszobán innen és túl.

Miután végeztek a fürdéssel, és minden mással, szobájukban hevesen vitatkoztak. Gyula szerint a szokások nem változhatnak akkor sem, ha nyaralnak.

– Szükségem van rá! Mit nem lehet ezen érteni? – védekezett igen haragosan Gyula.

– Én nem akarom! Nem így akarom! – emelte fel a hangját Juli is. – Ez erőszak!

- Ha rajtad múlna, sose lennénk együtt. Te gyűlölsz engem! - sziszegte a férje.
- Tőled kaptam! Ajándékba! De nem gyűlöllek! Már nem is gyűlöllek! Egyszerűen utállak! - hallotta a saját hangját az asszony.

Gyula mindkét kezével megragadta Juli vállát, keményen megrázta.

- Miről zagyválsz? Majd otthon megbeszéljük! Szánalmas vagy! - lökte az ágyra az asszonyt.

Juli azon az éjjelen is sírva aludt el, sírását Gyula észre sem vette.

Az utolsó nap délelőttjén mindenki együtt indult a partra. Az elmúlt napokban nagy volt a meleg, jól felmelegedett a víz, s ez arra sarkallta a gyerekeket, hogy a mindig felfázástól félő anyjukat ostorozzák.

- Egyszer meg kell mártóznod a Balatonban - követelőzött kisebbik lánya.
- Anyu, ugye, bejössz? Holnap úgyis hazamegyünk - toldotta meg a nagyobbik.

Juli emlékeiben felrémlett egy régi nyaralás, az első napokban összeszedett hólyaghurut, és az azt követő szenvedés.

- Majd meglátjuk - mondta.

Nem volt sok kedve a mókázáshoz. Legszívesebben már előző este összepakolt volna, a fürdőszobai megalázó jelenet és az azt követő csúnya veszekedés miatt. Bánatosan bóklászott a csapat után. Végtelenül egyedül érezte magát, tervei nem sikerültek, semmivel sem kerültek közelebb egymáshoz, inkább még távolodtak. Megerősödött benne a tudat, hogy Gyulával már semmi sem a régi, történt vele valami. Semmire, senkire nincs tekintettel, önzősége határtalan, függősége elviselhetetlen. Mi lesz pár hónap múlva? Megveri őt talán, ha majd ellenkezik? Még az is megfordult a fejében, saját jövője védelmében, meg a gyerekek miatt is, hogy beszélnie kellene egy szakemberrel, netán rendőrrel. Jelentse fel a saját férjét nemi erőszak miatt? Undorodott a gondolattól, és félt is Gyula reakciójától. Most még nem látott kiutat.

Nagyon távolról, ködösen hallotta, hogy az előtte vonuló kis csapat nagyon örül valaminek, a gyerekek is önfeledten ricsajoztak.

– Anyu, nézd mit talált Apu! – kiáltozta a kicsi.

Juli megérkezett távoli gondolataiból, és merőn nézte azt a kis csillogó micsodát, ami férje tenyerében lapult. Gyula egy virágot formázó, arany fülbevalót tartott a kezében. A porban vette észre, ennek örültek olyan nagyon. Juli nagyon igyekezett velük nevetgélni. Miután jól kicsodálkozták magukat, Gyula tárcájába, biztonságos helyre került a szerzemény.

– A fürdőzés után alkohollal lefertőtlenítjük, és majd eldöntjük, mi legyen a sorsa – fordult a lányok felé az apjuk.

Ezen a délelőttön „lesz, ami lesz" gondolatával Juli mégiscsak megcsobbant a vízben, gyermekei legnagyobb örömére, mert hosszú idő után először anyuval is lehetett labdázni a vízben. Csapatban labdáztak, Gyula olykor Juli felé röpítette a labdát, s ha nem kapta el, utánaúszott. Fitogtatta úszótehetségét, lenézve Julit, aki nem tudott úszni. Máskor kifejezetten közelről dobta a labdát, Juli tovább is ütötte a lányok felé, akkor meg a víz alatt úszkált Juli lábai között. Provokálta is az asszonyt, lefröcskölte, víz alá húzta, évődése jólesett Julinak. Az előző esti veszekedés után az asszony úgy érezte, békülni szeretne.

A kis csapat jókedvűen tért vissza a szállásra, ahol első dolguk valóban a talált kincs, a piciny fülbevaló fertőtlenítése volt. Amikor már bizonyosak voltak abban, hogy az ékszer hordható, olyan dolog történt, amit Juli sohasem fog elfelejteni. Férje odalépett hozzá, rámosolygott, és óvatosan, féltőn Juli bal fülébe illesztette új találmányát. Miután ez sikerült, cinkos mosollyal simogatta meg felesége arcát. Mosolyában, szeme meleg barnájában Juli a régen elfeledett szeretetét vélte felfedezni, cirógató mozdulatai pedig azt sejttették, Gyula végre megértett valamit felesége szenvedéséből, átérzi fájdalmait, és mert szereti, hajlandó is lenne együttműködni azért, hogy mindez megváltozzon.

A délután bizakodón telt. Juli merészen szőtte álmait a megmentett, szerelmes házasságról. Kiegyensúlyozott életről, egyforma teherviselésről, hasonló szándékokról, bársonyos, kielégült éjszakákról, örömteli nappalokról ábrándozott.

Este a gyerekeket meghívták a háziak, nézzék meg kedvenc sorozatukat a tévében. Szinte mindenki a nappaliban ült, csak Gyula bóklászott a kertben, feleségére várt, aki készítette öszsze a törölközőket, pizsamákat az esti fürdéshez.

A szokásos módon indultak a fürdőszobába, csak más-más gondolatokkal. Juli fejében a délelőtti kedves, szerelmes férje járt. Talán ma megérti, milyen megalázó neki a fürdőszobai aktus. Gyula fejében teljesen más gondolatok foroghattak, mert amit odabenn véghezvitt, Juli számára túlment az elfogadhatóság határán.

Gyula semmit sem értett meg, leginkább azt nem, miért ellenkezik már megint az asszony. Rémesen zavarta Julit a kinn tévéző társaság. Csendesen vitatkozott Gyulával, de sejtette, értelmetlen az ellenállás. Megadta hát magát.

A bűbáj elmúlt, a szerelem csak az ő álmodozása volt, Gyula megértésének nyoma sincs, és a világon semmi sem változott, csak ő volt olyan ostoba, hogy néhány óráig elhitte ezt.

Valami azt az embert is zavarhatta, aki rajta kínlódott, mert a máskor pillanatokig tartó útja a csúcsig igencsak meghosszabbodott. Mindenféle módon próbálkozott, miközben Juli egyre türelmetlenebb és feldúltabb lett, ami még inkább visszavetette Gyula ágaskodó kedvét. Az asszony már undorodott, hányingerrel küzdött, utálta a férjét, rosszul volt a helyzettől. Soha addig ilyen gyalázatot, ilyen megaláztatást nem élt át. Lelkét elöntötte a szégyen, lángolt tőle az arca. Most fény derül a titokra, amint kilép innen. Rápillantott az órára: már igencsak hosszú ideje vannak a fürdőszobában.

Amikor végre megszabadult és lefürödhetett, már tudta, ezzel a férfival, akivel nemsokára kilép a fürdőszobából, már semmi dolga nincs. Lesznek még közös elintéznivalóik, de az a vékony érzelmi szál, ami még összekötötte őket, ebben a fürdőszobában, ebben a félórában végleg elszakadt. Mély levegővételekkel igyekezett kóválygó bensőjét csitítani. Legszívesebben hányt volna. Arcán érezte még a lángnyelveket, amikor a kilépett az ajtón, lábai összeakadtak az izgalomtól, kezéből kiesett a törölköző, egész lénye darabokra törött. Nem bírt a háziakra nézni. Szemlesütve igyekezett ki a szobából, nagyon szerette volna, ha már kinn van, amikor kicsi lánya hangját hallotta.

– Mit csináltatok olyan sokáig odabenn?

– Semmit – felelte Juli, s egész testét elöntötte a kellemetlen, forró, fojtogató bűntudat és a megszégyenülés.

Az egész napi meleg hamar elnyomta a gyerekeket, a jól végzett nap elégedettsége Gyulát is. Juli még nagyon sokáig nézte a plafont, hallgatta a nyári éjszaka zajait, de már nem sírt. Már sírni sem tudott.

Másnap reggel határtalan nyugalommal pakolta össze ruháikat, és nagyon köszönve a háziak vendégszeretetét elindultak haza, a még közös otthonuk felé.

Julinak ma már nagymama hangulatúak az augusztusok. Illatokkal, ízekkel, érzésekkel.

Benne vannak a befőttek, lekvárok illatai, a nyár végi gyümölcsök mézédes íze és az elmúlt fél évszázad egy-egy felkavaró hangulata, nosztalgiája és fájdalma, amit hamar tovalibbent unokájának csilingelő, játszani hívó hangja.

S amikor elindul, megbabrálja a bal fülében lévő, virág formájú, kicsi fülbevalót.

Egy más igazság Lindának

Rekkenő meleg nyár volt. Az idősotthonban, ahol dolgoztam, a nővérek óriási erőfeszítéssel óvták időseinket a perzselő melegtől, árnyékoltak, locsoltak, csak hajnalban szellőztettek, óránként kínálták a néniket folyadékkal. Mindenki nehezen tűrte a már napok óta tartó kánikulát.

Ebben az időszakban történt, hogy új néni érkezett az otthonba. A család, amelyben Lili néni nagyon jól érezte magát, és akiktől rendkívül sok szeretetet kapott, nyaralni indult. Ő viszont segítségre, ellátásra szorult, ezért költözött be közénk erre az átmeneti időre.

Megismerkedésünk után sokat beszélgettünk. Elmesélte vágyait, álmait, élete folyását. Közel kerültünk egymáshoz, felbátorodtam, én is utaltam a saját, még elérhetetlennek tűnő vágyamra, miszerint szeretnék majd egyszer egy könyvet írni. Lili néni bátorságomat növelte, biztatott, ne adjam fel, csak igyekezzek. Mosolyogtam, és megígértem, hogy így lesz.

Egy napon érdekes kéréssel jött hozzám. Szeretne levelet írni az unokájának, a segítségemet kérte. Én megjelentem az ágyánál egy levélpapírral, tollal, vártam, hogy diktálja a levelet.

– Az a levélpapír kevés lesz, angyalom! – szólított meg.
– Olyan sokat szeretne írni? – kérdeztem őt.
– Húsz évet, kislányom. Húsz év történetét, de meg kell ígérnie, ha megjelenik megálmodott könyve, a vallomásom benne lesz. Ugye, megígéri?

Megígértem. Akkor elkezdődött közös munkánk, levélpapír helyett laptopot vittem, és Lili néni csak diktált, csak diktált. Változtatás és megszakítás nélkül adom közre a történetét.

Drága Linda!

Bocsánatot kell kérnem tőled, hogy ismeretlenül zavarlak, és bocsánatot kell kérnem több mindenért is. Nem ismersz, nem ismerhetsz engem, nem ismerheted a Nagyapádat, nem ismered az életünket, nem ismerheted azokat az okokat, amik miatt most csak ilyen formában fordulhatok hozzád. Megpróbálom elmesélni neked életünknek azt a szakaszát, ami kiegészítheti az igazságot. A szüleid igazságát a mi igazságunkkal. Ha szeretnéd tudni.

Sokszor elgondolkodtam azon az utóbbi években, vajon érdekel-e majd később, miért nem voltak nagyszüleid Apád részéről, miért nem beszéltetek senkivel a mi családunkból. Elfogadom azt is, ha nem is fog érdekelni ez az iromány, Linda, és félredobod, vagy más dolgot teszel vele. Ha mégis tudni szeretnéd, mi történt a családdal, jogod van tudni a mi gondolatainkat, ezzel kapcsolatos érzéseinket, és felnőtt módon látni, gondolkodni, véleményt alkotni. Ehhez készült a visszaemlékezés, amit most meg szeretnék osztani veled.

Nem magyarázkodom, csak mesélek és bocsánatot kérek. Én, a mostohanagymamád, akire már nem is emlékszel, és akit a húgod sem ismer. Most kell mesélnem, mert nem tehettem ezt meg korábban, nem tehettem meg élőben, nem engedték meg a szüleid nekem, nekünk. Nem bújhattál mellénk, nem mutathattuk meg neked, mennyire szerettünk és szeretünk ma is titeket. Valószínűleg gyönyörű, értékes és tehetséges fiatal lányokká fejlődtetek, nőttetek. Bizonyára nagyon szerettek benneteket a szüleitek, édesanyád szülei meg mindenki más, akinek ez a kiváltság juthatott. Nekünk nem adatott. És miért is?

Hát kezdődjék a mese.

Egyszer, régen, amikor Édesanyád már várta az érkezésed, velünk már nem voltak beszélő viszonyban. A bajok természetesen már sokkal előbb kezdődtek, akkor, amikor Apukád még a mi otthonunkban lakott, és udvarolt Anyukádnak. Én akkoriban kerültem a családba, ezt megelőzően Nagyapád egyedül nevelte Apát és Keresztanyut, én szintén egyedül két lányomat.

Nagyon régi ismeretség és sokévi barátság után kötöttük össze az életünket Papával. Amikor erre sor került, leültünk a négy gyermekkel, megbeszéltük az elkövetkező, senki számára nem könnyűnek ígérkező közös dolgainkat. Apád akkor már főiskolai képzésben volt, és ott lakott albérletben. A húga Pesten lakott albérletben, ott tanult, az én nagylányom is Pesten dolgozott, a kicsi általános iskolájának utolsó évében járt. Tudnod kell, az összeköltözés az akkori viszonyaink között csak akkor volt lehetséges, ha a lakást úgy alakítottuk át, hogy mindenkinek legyen egy kis szobája, ahol meghúzza magát, ha egyedüllétre vágyik vagy tanulni szeretne. Sok fejtörés és nem kis pénz feláldozásával sikerült megoldanunk ezt. A munkálatokat a Papa eladott autójának árából fizettük ki. Minden gyerek megtalálta a neki megfelelő helyiséget. Látszólag minden rendben volt, birtokoltuk gyerekeink támogatását, de az átalakítás végén kiderült, hogy rengeteg bajt vettünk a nyakunkba. Sok pénz hiányzott, befizetetlen számlákkal találkoztam, olyan összegeket kerestünk, aminek meg kellett volna lennie, de nem volt meg, és senki sem tudott róla. Számomra szokatlan volt ez a helyzet, de előbb nem láttam bele Papa kasszájába, csak álltam értetlenül a dolgok felett, később meg fizetgettük az adósságokat.

Ahogy múlt az idő, egyre nyilvánvalóbbak lettek a nehézségek. Sokan voltunk a lakásban, mindenkinek baráti köre volt, vagy komoly udvarlója. Azt a rendet, békességet, életformát, amit addig külön éltünk, mindenkinek fel kellett adnia, kialakítani valami újat. Ez nyilván veszteségekkel járt. Papának és nekem az együttélésünk első idejének komoly súrlódásai mellett nehéz feladatot jelentett a gyerekek problémáinak megoldása, fizikailag, lelkileg egyaránt. Most nem akarom elmesélni neked mindazt, ami velünk történt, és nem akarlak azzal sem untatni, miféle anyagi nehézségekkel éltük az életünket, hiszen ezek a dolgok csak részben tartoznak ahhoz, milyenné vált a kapcsolatunk Apáddal, és az akkor még középiskolába járó, nagyon fiatal Édesanyáddal.

Anyukád minden családi eseményen részt vett, az akkori baráti körbe tartozott, később megszerették egymást Apáddal.

Érdekes dolgokat tudnék mesélni arról, mi mindenben kellett korlátok közé szorítani őket szabad szellemük, felfogásuk miatt, ami számomra teljesen elfogadhatatlan volt az első időben, és még jó sokáig idegenkedtem tőle.

Amikor a dolgaikat szóvá tettem, még Szandi is – Apád húga – furcsán vette. Papa lényegesen jobban kiszolgálta őket, én kevésbé, én sokkal inkább voltam rendszertő, Papa jobban eltűrte a felfordulást, és így tovább. A nagykamaszok lanyha lustaságát már biztosan ismered, szüleid éppen hasonló korban voltak akkor. Talán érted, miről beszélek.

A négy, felnőttkorba került gyerek közül Apáddal volt a legnehezebb szót érteni, pedig abban az időben, amíg csak terveztük Papával az összeköltözést, abban bíztam, vele lesz a legkönnyebb, mert a lányokban, beleértve az enyéimet is, több ellenérzést véltünk felfedezni. A csalódásom mérhetetlen volt, nemcsak Apádban, Papában is, de erről még később mesélek. Apád már régen túl volt azon a koron, amikor még bizonyos dolgokat elnéz a fiatal gyerekének a szülő, és mi meg is próbáltuk, de az ő furcsa dolgainak nagy részét nem lehetett észrevehetetlenné tenni. Nekem tűrni sem nagyon sikerült, Papának ez jobban ment.

Egy vasárnap például, alig-alig ebéd előtt telefont kaptunk. A másik mamád hívott bennünket mélységesen felháborodva, és követelte, Papa tegyen valamit, mert Apád fenn van náluk, lóg a kerítésen, erőszakkal is be akar menni, mert nem érti meg, hogy most nem beszélhet Anyáddal. Anyukád abban az időben nem volt túl jóban a szüleivel. Sokat veszekedtek, el is szeretett volna költözni tőlük, de még túl fiatal volt, nem volt, aki istápolja, tanulmányait fedezze.

– Mit csináljak én vele? – kérdezett vissza elhűlten Papa, mert el sem tudta képzelni, mi ez a marhaság, amit Apád akar.

– Jöjjön fel, és beszéljen vele, egyébként a rendőrséget fogom hívni – replikázott mamád a telefon másik oldalán.

Papának nem volt mit tenni, felült a biciklijére, odament. Nem tudom, milyen beszélgetéssel sikerült jobb belátásra bírni Apádat. A történet végül is jól végződött. Apád Papával hazajött, és viszonylag békében meg is ebédeltünk.

De jött telefon igazoltatás után, rendszámlevétel ürügyén, kisebb autós koccanások miatt, keresték őt nem kifejezetten jó kinézésű emberek, s bár kellett volna iskolába járnia, sokat volt otthon, soha senki nem tudta - még Papa sem -, Apád mikor, milyen kalamajkába keveredik. Soha, senki, semmiért nem kérte számon.

Leginkább Apád, de a lányok is kifizethetetlen telefonszámlákat hoztak létre, éjszaka éltek, nappal aludtak, közben vagy tették a dolgukat, vagy nem.

A fiunk megbízhatatlan volt, sohasem tette meg, amit megígért, sohasem volt pontos az időre megbeszélt dolgokban. Ő volt az, aki mindig pénzhiányban szenvedett, adósságai voltak, időnként kiderültek vaskos hazugságok is. Gyakran követelőzött, s bár mi felszínesnek láttuk az Anyukáddal való kapcsolatát, elhalmozta őt lényegesen értékesebb ajándékokkal, mint amennyit ki bírt vagy bírtunk fizetni. Lassan leszoktam róla, hogy bármilyen formában is számításba vegyem.

A legelviselhetetlenebb mégis az ápolatlansága volt számomra, és mindannyiunk számára. Napok teltek el úgy, hogy nem volt hajlandó fürödni, tiszta ruhát venni. Abban a ruhában, amiben előző este aludt, másnap minden rossz érzés nélkül utazott. Szaga volt, és én borzasztóan szégyelltem ezt. Iszonyúan koszos és büdös ruhákat mostam számára, amit vagy levadásztam róla, vagy maga rakott ki több napos gyűjtögetés után.

Nem szép erről beszélnem, de meg kell tennem, mert része volt az életünknek. Nagyon nehéz volt számomra, hogy undor nélkül üljünk egymás mellett akár az étkezéseknél vagy bármikor máskor; hogy rendbe tegyem a dolgait, a szobáját, a ruháját.

Természetesen én ezt nem tudtam háborgás nélkül viselni, de nem volt elegendő bátorságom egy húsz éves fiúval arról beszélgetni, mik az alapvető és elvárt higiéniai szabályok, és arról is meg voltam győződve, hogy nem nekem kellene ezt megtenni. Beszéltem és veszekedtem ezzel kapcsolatban Papával, Szandival, de egy-egy halovány próbálkozás után ők is feladták, tűrték, tűrtük, nem volt jobb megoldás, nem tehettünk egyebet.

Nem tehettünk egyebet, mert Apáddal beszélni sem volt mindennapi. Abban a pillanatban, amikor megbántódva érezte magát, nyomatékosan, válogatott durvaságokkal, nagy hanggal, kifejezetten bántva és utálatosan reagált, emiatt mindenki meggondolta, merjen-e szólni, vagy hagyja a fenébe az egészet.

Néhány hónapi együttélés után teljesen nyilvánvalóvá vált számomra, hogy Papa is, Szandi is fél Apádtól, fél a kirobbanó, ordibálós veszekedéstől, a szó szerinti csapkodástól. Ily módon maradtam a problémámmal magamra. S mivel nem tudtam a megoldást, nőtt a gyűlöletem, nőtt az undorom. Ahogy múlt az idő, úgy rosszabbodott a kapcsolatunk, nem is igazán volt miről beszélnünk. Azóta sem tudom, mit kellett volna tennem. Talán, ha van elég bátorságom mindenért szólni, talán ha nem táplálja a megoldatlanság a haragom, talán ha túl tudtam volna tenni magam azon, hogy ez nem az én dolgom lenne, talán, talán...

Bocsánatot kell kérnem, Linda, tőled, amiért nem harcoltam eléggé akkor, amikor még csak Apáddal kellett küzdenem. Nem voltam elég erős ahhoz, hogy egyesítsem a két családot, és ahhoz sem, hogy az elemi értékekhez közelítsem őt. Nem voltam elég alázatos Apád érveinek elfogadásához, nem tudtam elviselni az általam vezetett családban másféle igazságot, rendet és értéket.

Pedig akkor már tudtam, Apád csak szerepeket játszik, nincs kialakult személyisége. Az erősnek, magabiztosnak, önállónak és nagyarcúnak való mutatkozása, álarca és hazugságai mögött végtelen gyengeség és gyengédség húzódik.

Teltek-múltak a hónapok, sikeresen befejezte az iskolát. Mi nem is tudtuk igazán, mikor tanul. Papa rendkívül büszke volt, milyen okos, talpraesett fia van, lazítva is le tudott vizsgázni. Ekkorra Apád már közelebb került érzelmileg Édesanyádhoz, és egyre távolabb a családunktól.

Alig végzett az iskolával, megkapta a behívóját. Akkor nyáron már tudtuk, hogy ősszel bevonul katonának. Azokban a hónapokban történt, hogy egy délután azzal a gondolattal fordult hozzám, amíg ő a katonaságnál lesz, Édesanyád hozzánk költözhetne, és innen fejezhetné be a középiskolát, mivel nagyon nem érzi jól magát otthon, folyamatosak a balhék a családjukban. Akkor már titokban éjszakákat töltöttek együtt, de hol, azt nem kötötték a mi orrunkra.

– Kicsit sokan leszünk már ebben a lakásban – válaszoltam.

– Miért, talán Elvira nem fér el itt? – kérdezte tőlem nagyon kihívón, emelt hangon Apád. Nyomorultul éreztem magam, én költöztem két gyerekkel hozzájuk, és most nekem kellene és kell is nemet mondani. Az ő otthonukban, neki.

Akkor nem beszéltünk erről tovább, megvártam, amíg este megérkezik Papa a munkából. Ketten próbáltuk megértetni vele, hogy egy középiskolás leány elhelyezése, iskolázása nem csípőből jövő, könnyű feladat úgy, hogy ő mellette katona. Arról különben sem szólt az egész beszélgetés, mit gondol Anyukád, és mit gondolnak a szülei, és mitől ilyen szükségszerű a költözés. Arról sem esett szó akkor, hogy van még itthon két lányunk, akikről szintén gondoskodni kell. A legnagyobbik akkor már – nem kis bánatomra – elköltözött otthonról.

Közös beszélgetésünket Apáddal akkor nem éreztem sikeresnek. Éreztem, nem győztük meg, de valami miatt Anyukád mégiscsak otthon maradt, és otthonából fejezte be a sulit.

Talán, ha akkor bekerült volna a családunkba, talán tudtunk volna mutatni számára összetartozást segítő, jó példákat, talán rá tudott volna látni rossz gyakorlatokra, mert az ő családjában jelen lévő „nagyi nélküliség" nem követendő, nem jó irány. Talán ha a napi megélhetésért való küzdelem mellett meg tudtuk volna láttatni, hogy minden nagyszülőre szüksége van a gyerekeknek, és ez komoly feladat a fiataloknak is, talán, talán...

Bocsánatot kell kérnem, Linda, tőled is, amiért akkor még nem éreztem meg, hogy a család, az összetartozás mindennél fontosabb, így nem tudtam megmutatni a saját családomban élőknek. Féltem az új dolgoktól, az újabb nehézségektől Anyukáddal kapcsolatban. Bocsánatot kell kérnem, mert olyan földhöz ragadtan féltettem a megélhetésünket, a fennmaradásunkat, ahelyett, hogy bíztam volna a jövőben, a gondviselésben. Bocsáss meg, amiért nem látta meg nálunk a nagyszülők felé áradó szeretetet.

Pedig akkor már tudtam, hogy Apád ki akarja emelni Anyudat abból a családból, amiben akkor élt. Tudtam is, miért, de nem tudott jó megoldásokat, mert nem kapott megfelelő példákat és támogatást a családunkban. Azt is tudtam, Édesanyád is apai nagymama nélkül nőtt fel, anyukája nem beszélt a férje szüleivel, és ez az állapot már évtizedek óta fennáll. Nem tudtak békülni, Anyukád ezt látta.

Apád katonaideje viszonylag békességben telt. Akkor volt csak némi feszültség, amikor már sokat otthon volt, és minden egyes visszautazásakor pénzre volt szüksége, általában többre, mint amit biztosítani tudtunk számára.

– Nekem kell a pénz! – kiabálta egyik alkalommal a szobaajtóban.

Papa mellette állt, szerette volna, ha viszály nélkül megy el a fia. Nem sikerült.

A válaszom, ami csípőből érkezett, mindhármunkat meglepett, még engem is.

– Nekünk is itthon!

Összegörcsölt a gyomrom, szikrát szórt a szemem, ez a jelenet már sokadszorra lejátszódott. Csúnyán csapta rám az ajtót, köszönés nélkül távozott, a legközelebbi eltávozásakor láttam újra.

Minden alkalommal, amikor itthon volt, juttatott nekünk agyament ötleteket, legalábbis akkor úgy éreztük. Tervei javarészt a jövőjére vonatkoztak, hogyan lesz pár hónap múlva lakása, hogyan vesz részletre autót, semmi pénzből. Légvárakat épített, rózsaszín világban élt, terveihez gyakorta mások segítségre volt szüksége, kölcsönökben, jelzálogokban gondolkodott. A jövő munkahelye is ködpárában úszott, hol a repülőtéren, hol itt, hol ott tudta volna elképzelni a jövőt. Nem is volt ezzel semmi baj addig, amíg nem komolyan gondolta, hogy vágyai eléréséhez mások segítségével érjen el, és akkor sem lett volna semmi baj, ha összhangban lettek volna a lehetőségeivel, a lehetőségeinkkel. A baj akkor volt, amikor megpróbáltuk kijózanítani a kábulatból, és rá kellett jönnie, ezekhez nem kap, nem tud kapni támogatást. Legalábbis tőlünk nem. Ezekre a dolgokra mondta később Papának, sohasem voltunk mellette, soha nem támogattuk megfelelően.

Leszerelése után hetek teltek el, amíg nem történt semmi vele, nem keresett munkát, jól érezte magát otthon. Papával emiatt is sokat morgolódtam.

– Az a bajod, hogy nem neveltél fiút – védekezett Papa. Mindig is tigrisként védte a gyerekeit, egy újabb kiborulásomat követően mégis leült beszélgetni Apáddal, mert az végképp nem való, hogy huszonéves felnőtt férfi egész nap az oldalán feküdjön egy kényelmes ágyon. Sokáig osztozkodtak, nem sok eredménnyel.

– Még adok magamnak két hónapot, kipihenem magam, aztán majd keresek valamit – mondta Apád, és nagyon komolyan gondolta.

Ekkor ismételten elgurult a gyógyszerem, újra én voltam az, aki ultimátumot adott.

– Kristóf! Ha két héten belül nem keresel magadnak munkát, vagy te mész el innen, vagy én – szónokoltam. – Nem vagyok hajlandó lusta, felnőtt férfiakra dolgozni! Itt mindenkinek állása van, vagy tanul, nem fekszik egész nap a sült galambot várva!

Emelt hangon és határozottan szólhatott a mondókám, mert néhány hét múlva elmondta, hogy a szomszéd városban fog dolgozni, és becsületére legyen mondva, mindaddig ingázott, amíg helyben nem kapott új lehetőséget.

Talán, ha akkor jobban elhiszem, hogy valamelyest birtokolja a jövőjét, ha a gondolataiban, a cselekedeteiben jobban támogatom, ha elhiszem az általam légváraknak gondolt álmait, ha jobban meg tudjuk beszélni, mit is szeretne az életétől, ha nem beszéltünk volna el egymás mellett Papával is, ha Papa nem úgy élte volna meg ezt az időszakot, mintha Apád és én ellenségek lennénk, talán, talán…

Bocsánatot kérek tőled, Linda, a kishitűségemért Apáddal szemben. Bocsánatot, amiért nem hittem benne. Nem tudtam vagy nem is akartam jól megfogalmazni számára, miként kellene a terveit, a lehetőségeivel valamelyest összhangba hoznia. Elmulasztottam a bensőséges kapcsolat kiépítését vele, inkább csak Papával veszkődtem, és tőle vártam a megoldást, mert azt hittem, értelmes útra tudja terelni a fiát. Pedig akkor már tudtam, Apád örök álmodozó, és ő is tudja ezt. A valóságtól vagy a tudata, vagy a tudatalattija menekült. Tudtam, a felénk való sziszegése inkább a saját, jól felfogott tehetetlenségéből, mint rosszaságból adódik. És akkor már azt is tudtam, hogy a Papával való kapcsolata nagyon üres, nem mozog a lélek síkján. Papának semmiféle eszköze nem volt Apád lelkivilágának megismeréséhez, a segítséghez.

Akkoriban lehetőség adódott ott helyben, hogy szobát bérelhettek a fiatalok. Nekünk is sikerült egy szobát bérelni Apádnak. Papával néztük meg, mi a kínálat. A bérlemény icipici volt, alig fért el benne egy ágy, egy szekrény. Nem voltunk túl lelkesek emiatt, de az akkori helyzetben úgy éreztük, vagy leginkább én éreztem, nincs más lehetőségünk. Ha mi, szülők, azt szeretnénk, hogy megmaradjon a kapcsolatunk, Apádnak ki kell vennie ezt a szobát, kell az önállósodáshoz, és igen, érezzen valamiféle felelősséget, kezdje el felnőtt életét. A közös családi lét ekkor már egyébként is az elviselhetetlenség határát súrolta.

Akkor történt, hogy egy négyszemközti beszélgetésre kértem Anyukádat, és egyik szabadnapomon bementem hozzá a munkahelyére. A büfében ültünk le, ott beszéltem neki a családunkban kialakult helyzetről és áldatlan állapotokról, a lehetőségről, hogy most már lesz lehetősége az összeköltözésre Apáddal. Ő akkor nem sokat mondott, mintha nem lett volna véleménye, csak hümmögött, és összeszorította a száját. Ez később is szokása volt, ha nem akart színt vallani. Végül is kivettük a szobát, a költözés azonban szintén nem zajlott szóváltás nélkül. Apád sohasem tette azt és akkor, amikor én szerettem volna. Ronda szóváltásokkal kerültek a bútorok a helyükre. Többszöri kérésem után kellett elvinniük egy szekrényt, amit már előkészítettem, és a fürdőszoba közepén várta, míg nekiveselkednek a fiúk. Nagy morgolódást követően Keresztapádat kérve segítségül végre elvitték, nehezen. Az indulatai nem múltak el menet közben, mert ő nem tervezte ezt az akciót, s miután visszajöttek, még folytatódott a veszekedés.

— A szemrehányás helyett, amit tettél nekem, inkább arra lett volna eszed, hogy letöröld a szekrény tetejét, mert tiszta piszok volt! — hangoskodott velem.

Ő huszonkét éves volt, én negyvenhárom, ő férfi volt, én nő, ő volt a gyermek, én voltam a „szülő". Igen, sokkal több udvariasságot vártam tőle, vagy valami tiszteletet, de ő alapjáraton volt neveletlen és szemtelen, nem csak velem, a testvérével, Papával, talán a nagyszüleivel is. Ez aztán nem is múlt el egészen addig, amíg beszélő viszonyban voltunk.

Szüleid élettere ezután, ha zötyögve is, de áttevődött a szállói szobába, valamivel ritkábban találkoztunk. Most már öszszeköthették volna az életüket Édesanyáddal, de az ő költözése valami miatt elmaradt. Apád rossz hangulatba került. Élte a mindennapi életét, dolgozott, az albérletben lakott. Ha valami hiányzott neki, nyitva állt az ajtó hazafelé. Úgy éreztük Papával, ez így van rendjén, a rezsit az első hónapokban mi fizettük, a szennyes ruháit itthon tettük rendbe, és hétvégeken vagy ünnepeken mindig együtt étkeztünk. A vasárnapi ebédre Édesanyádat is szeretettel láttuk, és hol rövidebb, hol hosszabb ideig vártuk. Ritkán fordult elő, hogy időben megérkezzenek.

A szüleid kapcsolata akkor válságban volt, de mi, szülők csak közvetve tudtunk erről. Apád is csak egy-egy rövid beszélgetésben háborgott amiatt, hogy Anyukád nem költözik, aki eddig mindig jobban szeretett volna a szülői házon kívül lenni, valami miatt most mégis inkább az otthon maradást választotta. Vagyis most is.

Keresztanyád, aki jobb kapcsolatban volt akkor mindkettőjükkel, próbálta kideríteni, milyen okok állnak ennek hátterében, nem sok sikerrel.

Talán ha akkor nem erőltetem a különköltözést, talán ha adok időt mindkettőnknek, hogy jobban megismerjem Édesanyádat is, talán ha többször rákérdezek, miért lett rosszabb

a kapcsolatuk, talán ha valóban meg akartam volna tudni az
okokat, ha több lett volna bennem a kíváncsiság, és kevesebb
előítélet, talán, talán...
  Bocsánatot kérek tőled, Linda, amiért akkor nem tettünk többet
azért, hogy szüleid problémáit megismerjük, és Papára hallgatva, aki azt mondta, „majd ők megoldják", nem segítettem jobban
Apádat a problémái cipelésében. Nem beszéltem neki párkapcsolati válságokról, megoldásokról, megbocsájtásról.
  Pedig akkor már tudtam, kettejük közül Anyukád érdekei
érvényesülnek inkább, az ő akarata dominánsabb, és valami
miatt Apádnak jól volt úgy, ahogy volt. Tudtam azt is, hogy addigra már Anyukád családja volt a minta Apud számára, mert
ott sokkal nagyobb megértést vélt felfedezni. Igaza volt. A miénket nem fogadta már el, és mi nem segítettünk.

  Ezekben a napokban, amikor tovább folytatom a történetet,
folytonosan rátok gondolok. A húgodra, aki nemsokára már kétéves lesz, Apádra, aki egy hete volt harminchat, rád, aki nemsokára hatéves leszel.
  Amikor utoljára láttalak, Linda, néhány hónappal múltál kettő, a húgodat még csak egyszer láttam élőben. Apáddal is iszonyú régen találkoztam. Meg kell vallanom neked, ilyen-olyan
módon a fényképeitekről azért látlak titeket, egy csepp vigaszként a semmiben. Nem sokkal azután, hogy utoljára láttalak,
Anyukád magából kikelve sziszegte Szandinál felém:
  - No, akkor Linda képeit tessék levenni az internetről, és
soha többet nem fogják látni!
  Temetésre készültünk akkor, Papa éppen a testvééréért ment
ki az állomásra, én készülődtem a fürdőszobában. Édesanyád
busszal jött idáig, hogy jobb belátásra bírjon bennünket, nagyszülőket, és érvényesítse akaratát a miénkkel, és kicsit a tiéddel szemben is. Nem volt benne sok tapintat, nem értette meg,
hogy egy temetésre való készülődés nem a legalkalmasabb pillanat a családi dolgok megbeszélésére. A veszekedés persze nem
maradt abba akkor sem, amikor már indulnunk kellett, sőt út-

közben is felhívta Papát, annyira nem tudott belenyugodni a veszteségébe.

– Elvira, most vezetek, nem tudok beszélni – mondta Papa. Édesanyádat nem igazán érdekelhette ez a tény, mert tovább folytatta mondókáját.

– Elvira, értsd már meg, vezetek! – szólt hangosabban Papa. A vonal másik oldalán ekkor sem lett csend, ezért Papa iszonyú dühösen nyomta ki a mobilt. Vezetett.

Később ezt Édesanyád sokszor elmondta, válogatott sértésekkel a kisebb lányomnak és Keresztanyádnak, hogy milyen méltánytalanul bánt vele az apósa.

Hát most nagyon előreszaladtam az időben, a kitérő a születésnapotok miatt történt. S ha már nem tehettem meg egy szülinapi torta mellett, engedd meg, hogy ezúton szívből kívánjam, minden egyes szülinapra, amikor nem tehetem meg szóban, mindkettőtöknek teljesüljön minden kívánsága, hogy valóra válthassátok álmaitokat, tudjatok derűsek, boldogok, megelégedettek lenni, és egészséggel, humorral, bizakodással legyetek képesek nézni a jövőt. Meg tudjatok tenni minden olyan dolgot, amit mi nem tudtunk, soha ne hibázzatok, ahogyan mi, vagy a szüleitek, és mindig tudjatok jól dönteni. Nem utolsó sorban pedig azt kívánom, tudjatok megbocsájtani, alázatot gyakorolni, ha szükséges, akkor minden könnyebben sikerül.

Folytatom a történetet. Amit most mesélek Neked a szüleidről, természetesen a Papával együtt élt létünknek csak egyik része volt. Még velünk élt Keresztanyád és Zsóka, az én kisebb lányom. Szandi közben diplomázott, majd megszerezte a másodikat is, Zsóka befejezte a középiskolát. A nagyobbik lányom eljegyezte magát, majd férjhez ment. Sorra jöttek a nem kis pénzeket igénylő, nagy családi összejövetelek, amikre sok szeretettel és hálás szívvel emlékszünk, mert csodálatos élményeket adtak, és hozzájárultak ahhoz, hogy szedett-vedett családunk, amit az elején alkottunk, összekapcsolódjék. Ezt azért mondom el neked, mert a történet további alakulása szempontjából nagy szerepe van, mint ahogy annak is, hogy időközben az én volt lakásomat eladtuk. Egy kicsit levegőhöz jutottunk általa anyagilag, vettünk egy autót is, és minden gyereknek tettünk félre pénzt, ami akkor elég soknak számított. A cél az volt, hogy a későbbiekben, ha elindulnak a saját otthonuk felé, lakásra költhessék. Természetesen, mint minden mással, az autóval is problémák voltak. Akkorra már a családba került fiúknak is volt jogosítványuk, így mi eldöntöttük Papával, hogy rajta kívül nem engedjük másnak vezetni. Mindenki megértette és elfogadta ezt, kivéve Apádat. Ő akkorra már, nem emlékszem, milyen forrásból, de vett magának egy olcsóbb autót, amivel persze sok baj volt, sokat kellett költeni rá, gyakran volt a szerelőnél. Egy ilyen alkalommal történt, hogy szeretett volna elmenni az autójáért, és elkérte a miénket. Mivel Papa nem volt otthon, velem kellett megbeszélnie. Én tartottam magam a Papával megbeszélt dolgokhoz, s nemet mondtam. Arra hivatkoztam, hogy van busz, amivel el tud menni a szerelőhöz.

– Micsoda szar szemétláda vagy! – kiabálta Apád nekem. Válogatott szitkokat szórt felém, de kocsikulcsot így sem kapott.

Más alkalommal Anyukádat szerette volna vacsorázni vinni születésnapja vagy névnapja alkalmából, persze ekkor sem kapta meg az autót. És nem volt finom úriember ennél a „nemnél" sem. Ezek a dolgok csak ásták és ásták a kettőnk között folyamatosan mélyülő szakadékot. Gyűlölt, amiért korlátoztam, gyűlölt, amiért nem tudta érvényesíteni rajtam az akaratát, gyűlölt, amiért már Papa is keményített, gyűlölt, amiért azt is követeltük, adja vissza Keresztanyádnak azt a pénzt, amit tudta nélkül vett ki Szandi takarékkönyvéből. A gyakori ellenkezésem miatt biztosan úgy érezte, ő a család utolsó tagja, ő az, akivel nem törődünk, őt használja ki mindenki, ő a kisemmizett. Akkoriban még nem voltunk Papával olyan jó barátok, mint most, nem is igen tudtuk megbeszélni a dolgainkat, mindketten mást akartunk a gyerekekkel kapcsolatban, más nézeteket is vallottunk.

Papa meg volt győződve róla, hogy a gyerekeknek erre a korra már felnőttként kell gondolkodniuk, élniük, és nem lehetnek olyan problémáik, amelyeket nekünk kellene megoldanunk. Akkor úgy éreztem, irtózik attól, hogy valamilyen módon megbántsa bármelyiket. Sokat veszekedtünk ezen, de mély, egyetértő beszélgetéseink nem voltak. A mindennapokban, a gyerekek dolgaiban ő elnézőbb volt, vagy inkább nemtörődöm, én meg próbáltam korlátok közé igazgatni az „ahányan voltunk, annyiféle" embert. Természetesen mindig én voltam a kötekedő, az akadékos, a bántó. Ezt az időszakot így élte meg a család.

Talán, ha akkorra már megtanultam volna együtt dönteni Papával, ha észrevettem volna az ő céljait, ha elfogadtam volna jobban a nézeteit, talán könnyen egy irányba tereljük tetteinket, a gyereknevelésben, vagy bármi másban. Ha jobban meg tudtam volna értetni Papával, hogy a felnőttség nem jár együtt a kor előre haladásával, ha nem engedtem volna szőnyeg alá söpörni problémáinkat, ha tudtam volna lazábban, fiatalosabban hozzáállni mindenhez, talán, talán...

Bocsáss meg nekem, Linda, amiért Apád „felnőttségének" problémái is a ki nem beszélt dolgok közé tartoztak. Nem voltam képes kezelni, és nem lett felnőtt a velünk töltött idő alatt. Bocsáss meg azért, mert dogmatikus voltam, és konzervatív, mert még elmúlt életem gyötrelmeit hurcoltam, és nem tudtam lazítani.

Pedig akkor már tudtam, hogy Apád dühkitörései, villongásai, állandó mássága és szembenállása figyelemfelhívás volt arra, hogy szeressék. Személyiségének abban a formában való megrekedése gyerekkori, fel nem dolgozott problémákat takart, amit nem volt képes feltárni senkinek, s leginkább a ráfigyelés, leginkább Papa figyelme hiányzott a számára. Tudtam, csak elismerésre és egy biztos pozícióra vágyott a családban, és ezt nem bírta megkapni, mert még családunk sem volt a szó igazi értelmében.

Hetek jöttek és mentek, egyszer csak váratlanul bejelentette, hogy eljegyzi Édesanyádat. Arra nem emlékszem pontosan, megmondta-e azonnal a dátumot, de azt hiszem, igen. Mi pedig, mint „mindent megértő és jó" szülők, készültünk a nagy eseményre. Ahányan voltunk, annyiféleképpen gondoltunk közös jövőjükre, de nagyon igyekeztünk örülni. Nem tudom, amikor ez az írás

a kezedbe kerül, mi lesz a szokás ilyenkor, de abban az időben a lányos házban történt az eljegyzés, az esküvő pedig megegyezés szerint. Mi akkor még nem ismertük Anyukád szüleit, a testvéreit, ezért túl kellett esnünk ezen. Beszélgetnünk sem ártott volna a fiatalok jövőjéről. A másik nagyszüleid legalább olyan keveset tudtak kettejük kapcsolatáról, érzéseikről, mint mi. A közös beszélgetésünk sem volt túl sikeres - rossz, vagyis inkább kényelmetlen érzéseink maradtak utána. Papa, aki egyébként is szereti megtervezni a jövőt gyakorlatban, és én, aki meg morálisan, nem értettük igazán, vagy inkább nem éreztük azt az összetartozást, azt az alapot, amire házasságuk épülni fog. Erről beszélgetni azonban lehetetlen volt, részben az addigra már igen rossz kapcsolatunk miatt Apáddal, részben pedig Papa koncepciója miatt.
- Ez az ő ügyük. Majd ők megoldják. Ki milyen virágot választ, olyat szagol - zárta rövidre sokszor Papa a beszélgetésünket.

Én akkor egy pillanatig sem gondoltam, hogy nekem kellene valamilyen módon szerelmesebbé tennem őket, de mégis elvártam azt Papától. Beszélgethetett volna Apáddal vagy Anyukáddal, vagy talán mindkettővel. Nem tette meg, nem tettem meg én sem, pedig voltak fenntartásaim, és voltak Keresztanyádnak is. Mivel aztán senki sem beszélgetett velük arról az alapról, amire egy házasságnak épülnie kellene, életük nagy döntésében újra egyedül maradtak. Az eljegyzés egyébként szépen lezajlott, mindenki jól érezte magát, a másik Nagyszüleid kitettek magukért.

Az esküvőjüket ugyanilyen gyorsan, egyszerűen megtervezték. Apád közölte velünk az esküvő időpontját, és tényszerűen azt, hogy nem lesz még vacsora sem, nekik nem kell semmi. Mindent megszerveztek, nekünk más dolgunk nem lesz, mint elmenni a szertartásra és hazamenni. Az esküvői öltönyét Apádnak úgy vettük meg, hogy előtte napokig kértem, induljunk már el. Aztán amikor elindultunk, ő abban a ruhában jött el az üzletbe, amiben előző este aludt. Sarka alá taposott mackónadrágban, szétmálló sportcipőben, igen viseltes pólóban, többnapos borostával. Nagyon rosszul éreztem magam tőle, s ha nem lett volna sürgető a vásárlás, talán ott is hagytam volna. Anyukád is velünk volt, ő nem volt annyira ideges.

Más bajom is volt. Ekkorra kiderült, hogy Apádnak adósságai vannak. Nem fizette a bérleti díjakat, többször is felszólították, rendezze a dolgait. Amikor ritkán rákérdeztünk, ködösített, szitkozódott, másokat hibáztatott, sohasem mondta meg az igazat a viselt dolgairól. Papa nem sokat törődött ezzel sem, úgy érezte, Apád már nagyfiú, meg tudja oldani anyagi problémáit. Vagyis meg kell oldania, felnőtt ember. Én nem voltam ebben a kérdésben sem ennyire nyugodt, sem ennyire biztos. Az esküvő előtt néhány nappal próbáltam beszélni az adósságokról Apáddal.

– Kristóf, tuti, hogy minden rendben van, rendezted az ügyeidet? Nem lenne jó, ha adóssággal kezdenéd a közös életeteket – ajánlottam fel a segítséget.

– Minden rendben van, nincs adósságom. Nem kell aggódni miattam! – mondta Apád.

Kicsit gúnyos volt, látszatra is hazudós, de én el akartam hinni, amit mond, hát elhittem. Nem kellett volna. Talán, ha akkor jobban utánanézek viselt dolgainak, talán, ha nem hiszem el azt, amit mond, talán másoktól is megérdeklődöm anyagi helyzetét, és kisegítem, talán, talán...

Bocsáss meg nekem, Linda, amiért nem sikerült több bizalmat plántálnom Apádba, amiért nem kutakodtam az anyagi helyzetében, és nem noszogattam többet Papát, hogy legalább ő figyeljen rá, és közös életüket ne kezdjék hazugságokkal. Bocsáss meg azért, mert tudtam, amit válaszolt, nem igaz, mégis könnyebb volt elhinnem, mint tennem valamit ellene.

Pedig akkor már tudtam, hogy Apád kezéből minden pénz kifolyt, kifolyik, és nincs olyan anyagi forrás, ami elég lett volna. Ezért egyik adósságból a másikba esett, ami magával hozta a hazugságokat, és sohasem mondta meg, milyen hibákat vétett, soha senki nem tudta meg, miért.

Az esküvőjük egyszerű volt, de szép és tartalmas. Ahogyan ott ültek az anyakönyvvezető előtt, boldognak láttam őket. Anyukád csinos volt, az érzései megszépítették, Apád is elfelejthette minden bánatát, mert arca egészen kisimult, és kicsit büszke volt. Így élnek az emlékeimben. Nincs, ami megcáfolhatná az érzéseimet, mert nekünk egyetlen egy fényképünk sincs erről az alkalomról. A filmet, amit készítettünk, Apád elvitte, másolni talán – így emlékszik rá Papa –, és az óta sem került vissza.

A szertartás után hidegzuhanyként ért bennünket, Papát kevésbé, engem jobban a tény, hogy a másik mamád mégiscsak készült hidegtálakkal, süteményekkel, és bennünket is szeretne vendégül látni. El kellett mennünk hozzájuk úgy, hogy mi egy huncut petákkal sem járultunk, járulhattunk hozzá a kiadásaihoz. Hát ettől megint cefetül éreztük magunkat, de a fiatalokért meg a békességért lenyeltük a békát, amit Apád akarva vagy akaratlanul feltálalt nekünk, ki tudja, hányadszor már. Az esküvő utáni napokban aztán Édesanyádnak adtam valamennyi pénzt, vigye el a szüleinek, hozzájárulásként a kiadásaikhoz. Azóta sem tudom, megkapták-e.

Az esküvő után nagy volt a dilemma, mi lesz a szüleiddel, hol fognak lakni, mert az a pici szoba, amit Apád bérelt, nem volt alkalmas erre.

Mi eldöntöttük Papával, hogy nem maradunk abban a városban, házat vagy lakást kerestünk, de oly módon szerettünk volna újabb életet kezdeni, hogy minden gyerekünknek legyen valamilyen fedél a feje felett. Keresztanyád akkor még nem tudta eldönteni, hogy lakást vagy házat szeretne.

Zsóka menyasszony volt már, és összeköltözést tervezett párjával, albérletben gondolkodott, majd meg is találta a megfelelőt ott helyben. A párjával nem voltak nagyon lelkesek a különköltözés miatt, kapcsolatuk nem volt felhőtlen. Így eshetett meg, hogy a lakást, amit eredetileg Zsóka magának bérelt volna, Anyukádéknak ajánlottuk fel, s az esküvőjük után be is költözhettek. Akkor nagy volt az örömük, ekkor láttam őket utoljára szeretettelinek a család felé. A lányok nagy igyekezettel segítették őket a pakolásban, takarításban, új életük elindításában.

Pár hét múlva mi is, Szandi is, megvettük a házainkat a szomszéd városban, jó nagy hitelekkel, és a már említett összegek felhasználásával. Keresztanyu saját megtakarításából, nagymamája segítsége, az általunk félretett pénz és bankkölcsön segítségével elkezdte az átalakítást saját házában. Egy nyáron át építkezett, hogy őszre be tudjon költözni otthonába, és amikor ők készen lettek, mi kezdtünk dolgozni a miénken. Így egyszerre költöztünk el, magukra hagyva Apádékat. A szüleid ebben a munkálkodásunkban alig segítettek, sőt. Olyan hangokat hallottunk innen is, onnan is, hogy mi kisemmiztük őket, mert nem kaptak meg valamilyen támogatást tőlünk, amit ők jogosnak éreztek. Ez a rossz, ráadásul nem is igaz sérelem ott gyűrűzött a mindennapjainkban.

– Nem érdekel, mit mondanak – jelentette ki Papa, amikor szóba került a sérelem –, ha valami bajuk van, majd szólnak. Nem szóltak. Csak a lányoktól hallottuk, hogy nagyon mérgesek és indulatosak. Csúnya rágalmakat szórtak felénk, különösen Édesanyád, akinek egyébként fogalma sem volt a család belső életéről. Senkivel sem beszélt róla ugyanis, talán csak Apáddal, aki a maga szemszögéből nézve tálalta a dolgokat. Mindketten vicsorogtak, de nem haraptak. Akkor még nem.

Egy alkalommal vendégségbe jöttek hozzánk, néhány percre „beugrottak" Szanditól.

– Vehetnétek ti is itt egy kis házat, és lassan szépítgethetnétek – mondtam Apádnak befelé jövet a kapuból.

– Mi nem veszünk itt se házat, se lakást, mi nem fogunk beállni a sorba – jelentette ki nagyon határozottan Apád.

– Hát az már igaz, ti nem is álltatok be eddig sem soha, semmilyen sorba – feleltem.

Anyukád hallgatott.

Nem sokkal később egy általuk jónak ítélt gondolattal álltak elő. Az volt a tervük, hogy Anyukád szülei házának közelében vesznek lakást, de mivel kevés a hitelkeretük, azt kérték, hogy a mi amúgy is jelzáloggal terhelt, még félig sem kész házunkra tetetnének jelzálogot. Papával ekkor újra csak rosszul éreztük magunkat, újra nemet mondtunk, újra nemet kellett mondanunk, mint közös életünkben már oly sokszor. Túl nagy rizikónak éreztük a jövőnket így is. Papa már közel volt a nyugdíjhoz, az építkezésnek közel sem volt vége, az anyagi helyzetünket tekintve a jövőnk nem tűnt túl biztonságosnak. A kérésük ismételt megtagadását bizonyára nem vették jó néven, mert ezt követően hetekig nem találkoztunk. Ettől az időtől kezdve ildomos a többes szám. Mi ketten Papával talán erre az időre jutottunk el odáig, amikor már képesek voltunk közös dolgainkat megbeszélni valamelyest. Még nem voltunk „barátok", de családi problémáink intézése simábbá vált. Már nem volt „én gyerekem", „te gyereked". Gyerekek voltak, problémák voltak, közös ügyek voltak. Két reszelő voltunk. Még nem voltak simák az oldalaink, még éles fogakkal martunk olykor egymásba, de akadtak részek, ahol már lekoptak a recék.

Talán, ha akkor kevesebbet foglalkozunk saját jövőnkkel, és jobban figyelembe vesszük szüleid akaratát, ha van lehetőségünk anyagilag melléjük állni, ha megbeszéltük volna Anyukád szüleivel is, ha egyáltalán többet foglalkoztunk volna a jövőjükkel, és nem csak azt láttuk volna, hogy egy újabb dolgot találtak már megint, amire nemet kell mondanunk, talán, talán…

Bocsáss meg nekünk, Linda, amiért nem voltunk elég befogadók és elfogadók a szüleid lakásvásárlási terveit illetően, és nem voltunk elég módosak sem ahhoz, hogy látványosan segíteni tudjuk őket. Bocsáss meg azért is, mert az építkezések, saját, nehezen összerázódó életünk elviselése túlságosan igénybe vették fizikai és szellemi teljesítő képességünket. Fáradtak és enerváltak voltunk, és miután mindenkinek biztosítottuk élete kezdéséhez a lehetőséget, ettől többre akkor nem voltunk képesek.

Pedig akkorra már tudtuk, hogy a szüleid nem túlságosan határozottak a jövőjüket illetően. Iránymutatásra lenne szükségük, még akkor is, ha önállónak érezték magukat.

Tudtuk, nincsenek alapjaik, anyagi forrásaik, lehetőségeik, és mi saját anyagi biztonságunkat féltettük. Tudtuk, csak szeretettel, elfogadással érhetünk el valamit, és ezt mi elmulasztottuk.

Miután elköltöztünk régi otthonunkból, nem sokszor látogattunk vissza. Sem oda, sem máshová. Keresztanyád is – aki a másik utcában lakott, akkor még egyedül – csak akkor látott bennünket, ha ő jött hozzánk. Sokat dolgoztunk, este jártunk haza, a hétvégék sem voltak mindig szabadok. Természetesen te már tudod, ezek csak indokok. Leginkább azért nem látogattuk sűrűbben a szüleidet, mert nem voltunk jóban egymással. Több alkalommal láttam reggelenként Anyukádat a buszmegállóban, ő hazafelé tartott, én munkába. Ha csak tehette, nem vett észre, gyakran elfordította a fejét. Volt azonban egy-két alkalom, amikor nem tudta kikerülni a találkozást, mert odamentem hozzá és megszólítottam. Szánalmasnak éreztem az igyekezetet, mert néhány udvarias mondatváltásnál nem jutottunk többre.

Ebben az időben történt, hogy Apád „meglátogatott" bennünket, és kérte az ő részét a pénzből, amit régóta őriztünk, és arra várt, hogy lakásba fektessék. Versenyautót akart venni. Úgy gondolták, lakást egyelőre nem vesznek, jól érzik magukat az albérletben.

– Megbeszélem Apáddal – mondtam, de aggályaim voltak, szerettem volna, ha ezt az összeget lakásra fordítják.

– Adjuk neki oda, és tudjuk le – mondta Papa nem kis vitánk után este, akkor sem akart nagyobb konfliktust Apáddal.

Így kapta meg ezt az összeget, nem lakásra, mint a többiek, és nem tudom, Anyukád tudta-e, vagy sem. A versenyautót mindenesetre nemsokára láthattuk. Képen.

Telt, múlt az idő, kaptunk híreket nagyobb összegű támogatásokról, amiket a dédnagymamádtól kaptak, kölcsönökről is, amit kértek tőle, amikor megszorultak anyagilag. Kértek tőle is, másoktól is. Aztán arról is kaptunk híreket, hogy Anyukád és persze Apukád sem tudtak elszámolni egymással sem. Bizonyos pénzeknek nyoma veszett a családi kasszából, de egyébként sincsenek túl jól egymással. Akkor már az is tragikus volt, amiket rólunk híreszteltek. Ahogyan gyarapodtak Szandiék, és nem gyarapodtak ők, egyre inkább váltak dühössé, ellenségessé.

Mi Papával még mindig nem tudtunk beszélgetni indulatok nélkül a szüleidről. Papa rögtön védekező állásba vonult, vagy fáradtságra hivatkozott, vagy egyszerűen közölte, hogy ebben a témában nincs mondanivalója, vagyis váltsunk. És újra csak söpörtünk, újra csak a szőnyeg alá, pedig az már igencsak púposodott az alápakolt sok szeméttől.

Kellett volna már egy alapos nagytakarítás, de mielőtt ehhez hozzáfogtunk volna, egy gyönyörű napon azt csiripelték a madarak errefelé, egy picinyke családtaggal szaporodunk. Szüleid az érkezésed várták, Édesanyád állapotos lett. Nem ők jöttek elmondani, csak másoktól hallottuk. Teltek, múltak a hónapok, betöltöttétek a félidőt, és ahogyan növekedtél, úgy lett egyre nagyobb a baj, ugyanis a méhlepény elöl tapadt, ami miatt Anyukád vérezgetett. Egy ilyen alkalommal került kórházba, ahol szigorú fekvést írtak elő számára. Pici voltál még, nem lett volna jó idő előtt megszületned. Apádtól tudtuk meg a történteket, s mi rögtön, ahogyan tudtunk, siettünk Édesanyádhoz látogatni. Mindenki úgy viselkedett, mintha semmi probléma nem lenne közöttünk, örültünk egymásnak. Akkor sem esett szó semmiféle gondról, bajról, amikor a másik mamáékkal is összefutottunk.

Én is félretettem minden bánatom és rosszallásom, annyira örültem a születésednek: végre lesz egy pici baba, aki változásokat hoz majd, megnyugvást, békességet.

Anyukád nem sokat feküdt, rendre kikapott az orvosoktól fegyelmezetlensége miatt. Nem is volt olyan könnyű a dolga, nagyon meleg nyár volt, sokat szenvedett a kórteremben a melegtől meg attól, hogy nem kelhetett fel. Sajnáltuk akkor nagyon, a lehető legtöbb kívánságát igyekeztünk teljesíteni. Egyszer aztán Apukád telefonált Papának, hogy Anyudat viszik a műtőbe, és nemsokára megszületsz. Nagyon izgultunk miattatok, de aztán szerencsére komplikációk nélkül megérkeztél. Szép kisbaba voltál, mi úgy láttuk, Apukád vonásait viseled. Anyukád nagyon erős asszony, hamar felkelt az ágyból, nagy akarat kellett hozzá, hogy olyan hamar felépüljön. Amíg ti a kórházban örültetek egymásnak, a lányok, Zsóka és Szandi kitakarították az albérleti lakást, berendezték a szobádat, természetesen Apád segítségével, és nagy várakozással, örömmel a szívükben. Mi Papával a főzésbe segítettünk be.

Néhány nap múlva azonban baj történt: beteg lettél, és Pestre kellett vinni téged a szüleidnek, újra nagyon izgultunk. Nem csak az egészségedért, azért is, mert Anyukád varratokkal a pocakjában utazgatott Pestre, és az már biztosnak tűnt, hogy nem lesz számodra anyateje.

Hamarosan azonban jó hírekkel érkeztetek egy vizsgálatról. Ott a kórházban sok segítséget kaptak, tanácsokat is a nevelésedhez, gondozásodhoz. A mai napig is hálával gondolunk az ottani dolgozókra. Meggyógyultál hát, és ettől kezdve sűrű vendégek voltunk nálatok, szinte hetente, így figyelemmel tudtuk kísérni fejlődésed, növekedésed. Az első napokban még segítettünk Anyudnak a főzésben, később azonban már nem igényelte ezt.

Abban az időben nagy tisztelettel gondoltam Édesanyádra, mert a körülményekhez képest pillanatok alatt kialakította új életeteket, jól viselte az éjszakázást, a sírásodat, a bajlódást veled. Ezt megelőzően nem gondoltuk, hogy ilyen talpraesett lesz, de nagyon büszkék voltunk rá. Persze, nem mindent tett úgy, ahogyan mi azt szerettük volna, de nem szóltunk miatta, csak nagyon óvatosan próbálgattuk terelgetni, mit kellene másképp tennie, de nem tette.

Sokat beszélgettünk akkor Papával erről. Mi már felneveltük a gyerekeinket, a szüleid szokásait, gondolatait tiszteletben tartottuk. Hitünk szerint nekünk ebben a történetben annyi a dolgunk, hogy nagyon szeressünk titeket, a nevelés a szüleid dolga lesz. Nagyon rosszul érintett akkoriban engem, hogy nem kaptál anyatejet, tápszerekkel pótolták azt. Úgy gondolom, az anyatejtől jobbat kitalálni sem lehet a babáknak.

Nem tudni, emiatt-e, vagy másért, de rendszertelen baba lettél, nem volt rendje a napnak. Ez a későbbi hónapokban síróssá tett téged. Mivel annyira nem ismertünk, sokszor nem tudtuk, mi a baj veled, mikor miért sírsz.

Emlékszem, milyen végtelenül ügyes voltál. Nem kifejezetten a nagy mozgásokban, inkább a kezeid, az ujjaid voltak végtelenül hajlékonyak, sokáig elszöszmötöltél a legkisebb dolgokkal is. Nagyon szerettünk téged. Anyukád mindig szívesen fogadott bennünket, többször voltatok nálunk, sokszor vigyáztunk rád.

Mi a Papával pedig már azt hittük, minden ilyen boldogságos marad, hinni, bízni akartunk.

Már megünnepeltük az első szülinapodat, a keresztelődet, amikor Zsóka összeköltözni készült akkori párjával. Volt egy néni, akitől megörököltünk egy fél lakást, a másik felét megvettük. A megvételnél Zsóka anyagilag is segített. Akkor már keresett, nekünk egyedül az építkezés mellett nem sikerülhetett volna. Születésed után néhány hónappal ez a lakás üresen állt. Akkor Zsókának felajánlottuk, odaköltözhet pár hónapra. Amíg ott élhetnek, spóroljanak, és gyűjtsenek saját otthonukra, az ott lakásuk ugyanis véges. Ennek a tervünknek csak ők örültek.

– Egyáltalán nem tisztességes tőletek, Apa, hogy a néni lakását Zsókának kínáljátok, amikor Kristófék meg albérletben vannak a gyerekkel! – állt szüleid mellé nagyon felháborodva Keresztanyád. – Nekik kellene szólnotok. Miért nem nekik adjátok oda a lakást?

Ezt azért mesélem el neked, mert a későbbiekben, sok év múlva Anyukádék Keresztanyáddal is csúnyán összevesztek, annak ellenére, hogy Szandi mindvégig mellettük állt, és sokszor kiállt az érdekeikért.

Abban az időben a szüleidnek többféle tervük volt saját albérletük felszámolásával kapcsolatban, de az üres lakásba, amire Zsóka is várt, nem akartak költözni. Nem tudom, miért, nem is tartottam fontosnak megtudni ezt.

Talán, ha akkor nem vakít el bennünket az érkezésed felett érzett boldogságunk, és jobban figyelünk Anyudék anyagi gondjaira. Talán, ha nem szerettük volna annyira, hogy minden gyerekünknek fedél legyen a feje felett, így Zsókának is. Talán, ha nem válik olyan fontossá a kettőnk kapcsolatának rendezése Papával. Talán, ha nem szerettük volna annyira, ennyi év kemény munkája után a saját életünket élni, ha erőnk nagy részét nem a munkánk és saját otthonunk kialakítása veszi el, talán, talán...

Bocsásd meg nekünk, Linda, amiért ekkorra már a saját boldogulásunk lett a fő célunk Papával. Bocsáss meg, amiért mindennapi munkánk mellett, a gyerekeink jóléte mellett azt szerettük volna legjobban, hogy ennyi év után egyedül maradhassunk, csendben, békében. Szerettünk volna igazi férj és feleség lenni, akik barátok is egyszersmind, megértésben és szeretetben öregszenek, és nincsenek gátló tényezők, titkok, ki nem mondott bánatok, olyanok, amikről akkor még beszélgetni is nehéz volt. Bocsásd meg, amiért jó és tartalmas házasságot akartunk magunknak, amiben majd a legjobb nagyszüleid lehetünk.

Pedig akkor már mindketten tudtuk, hogy szüleid pénzügyei katasztrofálisak, adósságaik voltak, mégsem voltak határok. Nem voltak a vásárlásaikban, nem voltak rezsiben, és folytathatnám, mi mindenben nem. Nem voltak ésszerűek, nem voltak reálisak. Tudtuk, szólnunk kellene emiatt, beszélnünk kellene többet a háztartási problémákról, a beosztásukról, a túlzásaikról. Tudtuk, vagy inkább sejtettük, hogy egyikük sem enged saját elképzeléséből, hobbijából, amik mind rengeteg pénzbe kerülnek. Nem kerestünk eszközöket a megoldásra, csak magunkban háborogtunk.

Természetesen mindebből semmit sem érzékeltél, nem szenvedtél hiányt, és csak remélni merjük, a későbbiekben sem kerültél helyrehozhatatlan hátrányba.

Nőttél, növekedtél, közben Szandi is férjhez ment, Zsóka elköltözött, mi egyedül maradtunk.

A szüleid akkoriban telket vásároltak, mint később kiderült, jócskán kölcsönből, építkezési célzattal. Szinte minden héten szép, de más és más terveket hallottunk a leendő otthonukról, miközben arról panaszkodott Édesanyád, hogy rengeteg a bankkölcsöne, adósságcsapdába esett, és most nem tud kimászni belőle. Elmondta, mennyire megbánta már a felvett pénzeket, mert most emiatt nem tudnak kezdeni semmihez. Apud sem keres sokat mint vállalkozó, nem megy a bolt, ő pedig nem dolgozhat még néhány évig a gondozásod miatt. Bankkölcsönre már nem is számíthattak.

Közben, ahogyan telt az idő, a Zsókának tett feltételeink lejártak. Ők azt a lehetőséget választották, hogy nem költöznek ki a lakásból, bankhitelt vettek fel, s megvették tőlünk, olcsóbban, mint azt egyébként el tudtuk volna adni másnak.

Úgy terveztük Papával, hogy egy-egy nagyobb összeget teszünk félre ebből a másik három gyereknek, akkora mértékben, amivel Zsóka olcsóbban jutott a lakáshoz. Keresztanyád akkor házcserében gondolkodott, várták babájuk érkezését. A nagyobb lány házbővítéshez kezdett, mindegyiküknek jól jött ez az akkor nem kevés pénz. Ismertük a gyerekeink terveit. Azt mondtuk, a lakások újításához, cseréjéhez, korszerűsítéséhez kapják. Mindenki megértette és egyetértett vele, így is használták fel, és a lányokkal nem is volt semmi baj. Ismét csak Anyudék nem értették meg, mit szeretnénk. Akkor éppen nem voltak konkrét terveik lakásügyben, így felajánlottuk Édesanyádnak, hogy az egyik nagyon kínos és sok gondot okozó bankkölcsönét kifizetnénk, ezzel már ne legyen baja, ha később a lakáshoz kölcsönt szeretnének felvenni. Akkor úgy tűnt, tetszik nekik az ötlet. Apukád egy beszélgetés alkalmával még arról is említést tett, talán kipótolják az általunk adott összeget, és végképp megszüntetik az egyik adósságot.

Akkor azonban történt valami. Valami, amiről semmit sem tudunk. Azt viszont a saját bőrünkön tapasztaltuk, ami következett, ugyanis az maga volt a rémálom az egész családnak. Nem túlzok, az egész családnak. Ebben a cirkuszban benne volt mindenki, a legkisebbtől a legnagyobbig. Mindenki mondott mindenfélét, mindenki Anyukádat, Apukádat békítette. Ők meg válogatott módon bennünket szidtak. Illetve akkor még csak Apukád.

Közvetve hallottuk meg véleményüket, miszerint; „A szeretet az nem állít fel korlátokat. Miért akarjuk mi megmondani, hogyan költsék el az ajándékba kapott pénzüket? Milyen szemét dolog, mert már megint ők azok, akiket kisemmiztünk abból, ami nekik járt, akiket kihagytunk az örökségből vagy az anyai részből. Nem volt elég akkor régen csak a lányokat segítenünk, most megtesszük újra ugyanazt". Nem is értettük igazán, miből maradtak ki, mert anyai rész meg örökség nem is volt.

Papád a kifakadások elején még hősiesen bírta a rohamokat és magyarázkodott, később azonban az ő türelme is elveszett.

Megpróbáltuk összerakni az eseményeket, nem sok sikerrel. A következménye az volt a jóakaratunknak, hogy Papa meg Apád jól összevesztek, amiért nem adtuk a kezükbe a pénzt, hanem a bankkölcsönük számlaszámát kértük. Erre szerettük volna átutalni az adósságuk összegét, így azonban nem volt rendben, legalábbis a szüleidnek nem. Az nem volt segítség számukra, ha nem kellett havonta feladni a részleteket, és megmarad a családi kasszában. A jó segítség az lett volna, ha a kezükbe kapják a nem kevés összeget. Hiábavaló volt minden beszéd, Apád is, Papád is konok maradt.

– Nincs szükségünk semmiféle segítségre, nem kell a pénzetek! – hallottuk közvetve Apádtól.

Gorombán beszélt sokadszorra az apjával, mondandójának a vége szemrehányás volt Papa felé.

– Sohasem törődtél velem eleget, sohasem beszélgettünk, sohasem volt közöttünk jó apa-fiú kapcsolat – mondta Apád a magáét Papának a telefonba. Talán azért a telefonba, mert szemtől szembe nem merte.

– Nem vagy többet az apám – hallottam ki én is a telefonból. Ki volt kelve magából nagyon.

Akkor még Papa is, én is, de még a lányok is azt gondoltuk, kikiabálta a fájdalmát, később majd jobb belátásra tér, megbocsájt Papának, később talán nekem is, a nem tudom, milyen bűneinkért.

– Attól, hogy most a fiúk összevesztek, én nem haragszom, butaság lenne, úgyis megbékélnek egyszer – mondta akkor még Édesanyád is.

Azt beszéltük meg Papával, amíg barátságosabb szelek nem fújdogálnak, a pénz jó helyen van a bankban, s ha mégsem fogadják el később sem, megmarad majd neked, Linda. Jól fog jönni, ha nagyobb leszel, vagy a tanulmányaidhoz, vagy a felnőtt életedhez.

Megbeszéltük egymással, és tényként közöltük a szüleiddel. Vagyis inkább Anyukáddal, vele még valamelyest beszéltünk.

– Ha nagyobb lesz Linda, megkapja ajándékba – mondta Papa Anyukádnak.

Azt egy pillanatig sem sejthette Papa, hogy újabb lavinát indít el.

Ekkor másfél éves voltál. Nyár vége volt, már majdnem ősz, és mi, de inkább én, akkor láttunk téged utoljára. Akkor éppen

Zsókát látogattuk meg Papával, és Anyukád Apud tudta nélkül elhozott oda téged. Már nem ismertél fel bennünket, a vitákkal töltött hetek alatt ugyanis nem látogathattunk, és a kicsi babák hamar felejtenek. Kevés időnk volt egymásra, játszottunk még kicsit, de nagyrészt inkább ismerkedtünk. Újból.
Nem az fájt nekünk igazán, milyen rossz most nélküled nekünk. Azt sajnáltuk a legjobban, neked is úgy kell felnőnöd, hogy egyik oldalról nincsenek nagyszüleid. Megannyi szép dologról maradsz le, amit nyújthattunk volna. Mennyi szeretetet, mennyi törődést, mennyi élményt vesznek el tőled a szüleid az eltiltással.
Talán, ha akkor engedünk a nyomásnak, talán ha igazat adunk Apádnak, talán ha akkor is azt a gyakorlatot folytatjuk, ami már „bevált", vagyis, hogy adjuk oda és legyünk túl rajta. Talán ha Papa és Apád le tudott volna ülni megbeszélni a sok év alatt felgyülemlett fájdalmat, talán ha nem engedjük, hogy mindenki belekeveredjen a két család konfliktusába, talán, talán...

Bocsáss meg nekünk, Linda, amiért kiálltunk a saját igazunk mellett, amiért nem tudtuk elfogadni szüleid álláspontját, amiért túl soknak találtuk ezt a pénzt ahhoz, hogy ez is elcsorogjon a kezeik között. Bocsáss meg, amiért nem voltunk elég süketek a rágalmaikhoz, a szidalmaikhoz, és ez mélyen sértett bennünket. Bocsáss meg, amiért megengedtük Zsóka és Szandi engesztelő kísérleteit, és mi is mindent megpróbáltunk, mert szerettünk volna békülni, talán már csak miattad.
Pedig akkor már tudtuk, hogy szüleid, főleg Apád cselekedetei mögött réges-régi, Papától elszenvedett, vélt vagy valós, de soha fel nem dolgozott sérelmei vannak, melyekről nem tudtak beszélni egymással. Tudtuk, velünk szemben nincsenek eszközeik, hiszen a gyermekeink, és a konfliktust nem tudják másképpen megoldani, csak szitkokkal, haraggal, zsarolással, téged tolva maguk előtt. Te voltál az a pont, amiről azt gondolták, zsarolhatók vagyunk, mert mi, a nagyszüleid, nagyon vártunk és szerettünk téged. Tudtuk, lélekben mindketten gyerekek még, hiába múltak el felettük az évek.

Aztán ismét eltelt néhány hét, és Anyukád újabb ötlettel próbálkozott, mondván, ha már neked tettük félre a pénzt, és ajándéknak szánjuk, jó lenne, ha odaadnánk most neki, majd ő beteszi számodra a bankba. Először Papával beszélt, de Papa ekkor már nagyon sértett és fájdalmas volt. Aztán engem is felhívott, és nekem is elmondta, hogy a pénzt beteszi a takarékba, és majd ha felnőtt leszel, odaadja neked.

– Elvira, nem gondolhatod komolyan, hogy a mi ajándékunkat te add majd Lindának – próbáltam hatni rá.

– De igen! Komolyan gondolom – mondta türelmetlenül Édesanyád.

– Hát azt mi nem szeretnénk. A mi ajándékunkat mi fogjuk odaadni – válaszoltam.

– De én akarom a bankba tenni – hallottam vissza.

– Nem te – mondtam –, majd mi.

Édesanyád iszonyatosan mérges volt. Néhány nappal e beszélgetés után került sor arra a fürdőszobai jelenetre, amikor Anyukád közölte velem, hogy ettől kezdve elfelejthetünk téged, mert nem fogunk látni soha többé. Erről már meséltem jóval előbb.

Több milliós tartozást görgettek maguk előtt, s akkor, ott elmondtam neki, hogy jelenleg is hajlandó vagyok kifizetni az adósságát, csak egy bankszámlaszámot kérek. Elmondtam, hogy azért nem kapják a kezükbe a pénzt, mert az idő tájt is tetemes a kölcsönük, jövőképük kusza, és szerintünk meglehetősen felelőtlenül élnek, pedig már ott van egy gyermek is.

– Lindának megvan mindene! – vitatkozott Anyud.

– Igen, Elvira, de meddig? – kérdeztem tőle. – Meddig tarthatod majd fenn magatokat?

Később úgy mesélte el Anyukád ezt a Keresztapádnak, hogy én azt mondtam, „felelőtlenül szült meg téged". Erről azonban szó sem volt, hiszen annyira vágytunk már egy babára a családban.

Azóta sem tudom, mert az már nem tartozott ránk akkor sem, miért volt olyan rettenetesen fontos az a pénz. Azt nem mondta meg Anyud, de az biztos, eget-földet megmozgatott érte, bevetette Zsóka és Keresztanyád lehetséges befolyását is, mindhiába. A lányok elmondásaiból aztán kiderült, a pénznek

csak töredékét szerette volna betenni a részedre. Arról már nem beszélt Szandinak sem, mire kellett volna a többi, ezt csakis ő tudja egyedül, talán még Apád sem. Lassan a mese végére érünk. Itt vége is lehetne a történetnek, hiszen azóta én veled csak egyszer találkoztam, a húgod születése után, az utcán. Anyukáddal sétáltatok, mi éppen Zsóka lakásához tartottunk, amikor megláttunk titeket. Kiszálltunk a kocsiból, odasétáltunk Papával hozzátok. Te éppen nyafiztál. Szomjas voltál.
– Gyere, adok én neked vizet! – szólt hozzád Papa, és te elsétáltál vele az autóhoz, ahonnan előkerült a víz, mellé egy doboz csokoládé is. Akkorra Papa már mindig tartott magánál, az ilyen nem várt találkozásokra készülve.
– Anya, ez a bácsi adott nekem csokit! – ujjongtál, miközben szaladtál vissza hozzájuk.
– Ez a bácsi a nagypapád – szóltam neked.
– Anya, a nagypapám adott nekem csokit! – örültél tovább, s fogalmad sem volt, kik vagyunk valójában. Anyukáddal két szót váltottunk, megnéztük a kocsiban jól betakart kistestvéred, és elköszöntünk. Édesanyádnak láthatóan fontosabb volt az a másik kismama, akivel sétált. Nem foglalkozott sem velünk, sem veled tovább. Ekkor láttalak utoljára élőben, azóta csak fényképeken, és nagyon úgy tűnik, örök gyermek maradsz az emlékeinkben, mert nem sokkal később Keresztanyád is a tiltott személyek listájára került, és még csak képeken sem láthatunk majd.

S hogy mi történt ezután? Miért lettél a nagyszüleid után keresztszüleid szeretetéről is letiltva? Ha hiszed, ha nem, még mindig ugyanazon pénz miatt, amit mi nem adtunk oda a szüleidnek, amit azóta is őrizgettünk a számodra. Ez azonban már egy másik mese, csak a módszerek ugyanazok, még talán a szereplők sem változtak, csak a régiek mellé újak jöttek, a vér szerinti nagymamád testvére és családja.

Annyit azért még tudnod kell, hogy mi a szüleid döntését nem könnyen éltük meg, nem is tudtunk teljes szívvel belenyugodni. Volt egy piciny kis csodás unokánk, aztán egyszerre csak nem lett, mert megbüntettek bennünket veled. Vagy téged büntettek a hiányunkkal. Már mindegy. Nem láthattunk felnőni, nem szerethettünk, nem ölelhettünk meg, és nem vehettünk ajándékokat, mert Anyukádnak és Apukádnak így tetszett, így akarták.

Sok mindent átgondoltunk akkor és azóta Papával. Érdeklődtünk nagyszülői láthatásról, de akkor ezt nem engedte a törvény. Egyébként sem lett volna jó, a te kétéves eszecskéd még nem értette volna. Becsempésztük ajándékainkat Keresztanyád és Zsóka ajándékaiba egészen addig, amíg lehetett. Később, amikor már velük sem nagyon tárgyaltak, megpróbáltuk megbeszélni Apáddal. Egy Mikulás napot megelőzvén Papa felhívta Apádat, aki csak nagyon sokadszorra vette fel a telefont.

– Szeretnénk ajándékot venni Lindának – mondta néhány mondat után.

– Majd megbeszélem Elvirával – válaszolta Apád.

Néhány nappal később, miután Papa ismét felhívta, közölte velünk, hogy egyikőjük sem szeretné, ha ajándékokat kapnál tőlünk.

Küldtünk dísztáviratot a születésnapodra, talán meg sem kaptad, a kukában landolt, mint a többi dolog, ami tőlünk származott. Legalábbis Édesanyád azt mondta az egyik lánynak, hogy mindent összepakol, amit tőlünk kaptatok. Nekik és neked nem kell semmi. Minden ajándékot ugyanúgy megkaptál, mint ahogyan Szandi lánya, mindaddig, amíg a szüleid Szandiékat is kitiltották a környezetedből.

Az ő összeveszésük késő őszön történt, és amikor jött a karácsony, sokat beszélgettünk arról, hogyan kéne mégiscsak, a beszűkült lehetőségeinket figyelembe véve, megajándékozni téged, titeket. Eszünkbe jutott, hogy talán az óvodába kellene vinni a csomagot, vagy elküldeni postán, vagy elvinni, és letenni az ajtó elé, vagy csak egyszerűen beállítani, és lesz, ami lesz. Ahogyan jöttek a gondolatok, úgy vetettük el őket sorban.

Mélységesen szomorúak voltunk és vagyunk ettől, mert tudjuk, hogy eljön majd az idő, amikor meg fogod kérdezni bármelyikünktől, merre is voltunk akkor, amikor még csak olyan vol-

tál, mint a mákszem, amikor segítség kellett volna, amikor úgy
szerettél volna valamit valakivel megbeszélni.

Azt is tudom, ami nincs, amiről nem tudunk, az nem hiányzik, és előfordulhat, hogy úgy nősz fel, és úgy nő fel a testvéred is, hogy ebből a családból senki sem fog hiányozni nektek, és nem is lesztek kíváncsiak senkire. Minden megtörténhet, és nekünk, Keresztanyádéknak, a család többi tagjának semmi befolyásunk nem lesz az eseményekre.

Miközben elhalmoztak titeket ajándékokkal, ruhákkal, és egyéb szükségtelen dolgokkal, elvették tőletek a legfontosabbat, a szeretetet, a másféle gondoskodást, az élményeket, a lehetőségeket. Azokat a dolgokat, amiket már sohasem kaphattok meg, mert a pillanatok elmúltak, s lehetetlen pótolni, eltemette őket az idő.

Amikor a kishúgod megszületett, volt valami halvány reménysugár a békülésre. Édesanyád sétált a kórház udvarán, talán vásárolt valamit, Papa meg éppen az orvosától jött, így futottak össze. Papa kávézni hívta Anyukádat, aki elfogadta, és el is beszélgettek. Papa talán a babát is látta, erre nem emlékszem pontosan.

Nagy örömmel újságolta délután nekem, mi történt a kórházban, és arra gondolt, a látogatási időben mindketten bemegyünk meglátogatni őket.

Én nem voltam ennyire lelkes. Elmondtam Papának, hogy miután már évek óta nem találkoztunk, nem tudok úgy odamenni, mintha mi sem történt volna. Még várok valami jelet, de szívesen elkísérem ajándékot venni, és látogassa meg a harmadik unokáját.

Papa dúlt-fúlt, amiért nem támogattam jól kigondolt tervét, de nélkülem nem ment. Sem akkor délután, sem későbbi napokon. Apud mondta ugyan, amikor Papa gratulált neki telefonon, menjen csak nyugodtan látogatni, de ő nem ment. Sem nyugodtan, sem idegesen, csak később, amikor már hazamentek a kórházból. Akkoriban néhányszor elment hozzátok, megnézett titeket, játszott veletek, de a szüleid mindvégig kimértek maradtak.

Tudod, én arra vártam, valamelyikük majd egyszer megemlíti,

hogy „tessék hozni a mamát is". Képzelegtem, és vártam. Közben mindvégig arra gondoltam, és ezt megosztottam Papával is, hogy most újra elkezdődik valami anélkül, hogy a régit megbeszéltük volna, és majd ismét csak nőni fog a szőnyeg alatt az a bizonyos púp. Mi majd újra, már talán sokkal jobban megszeretünk titeket, egyszer aztán ismét elkövetünk valamit, valami számunkra érthetetlent, amiről a szüleid azt érzik, hogy nekik ez nem buli, és újra büntetésbe küldenek bennünket, titeket. Erre az érzelmi libikókára nem tudtam akkor felülni.

Talán ha akkor bemegyek Anyukádhoz a kórházba, talán ha el tudom felejteni a szitkokat, talán ha jobban a ti érdekeiteket tartom szem előtt, talán ha elnézőbb vagyok, és elfogadom Apád hányaveti „meghívását", talán ha Papa a sűrűbb látogatásokért jobban hat rám, és biztosítani tud arról, nem kell elviselnünk több fájdalmat, talán, talán...

Bocsáss meg nekünk, Linda, amiért akkor még nem tudtunk jól megbocsátani, féltünk, s nem akartunk már több nemet mondani a szüleidnek. Bocsáss meg azért, mert én akkor úgy éreztem, nem tudnék több fájdalmat elviselni. Nem tudtam jobban tűrni a „hol vagytok, hol nem" életet, és amiért nem akartam egy újabb zsarolási históriába keveredni.

Pedig akkor már tudtam, elszalasztottam az utolsó lehetőséget jó hosszú ideig, hogy találkozhassunk veletek. Tudtam, a szüleid nem fognak engedni a saját akaratukból és döntésükből, a butaságukból, korlátoltságukból, mert amíg azt hiszik, bennünket büntetnek, tőletek, belőletek vesznek el egy darabot.

Ettől a ponttól kezdve a történet már nem hosszú. Papa néhányszor még meglátogatott titeket, aztán eljött a kishúgod keresztelője, és Papa meghívást sem kapott. Magát az eseményt Szanditól tudtuk meg, egy-két nappal az ünnepség előtt. Ez már akkor történt, amikor egymással is hadakoztak. Hírfoszlányokat kaptunk arról, milyen nagyon ügyes ovis vagy, hogy a húgod másabb, mint te voltál picinek. Láttunk képeket a számítógépen, az ovi bulin és jelmezbálon, de élő kapcsolat már régen nem volt köztünk. Mert akkorra már Papa is szörnyen megharagudott, és nem látta értelmét sem a kapcsolat felújításának, sem semmi másnak, ami a szüleiddel kapcsolatos. Nem rátok haragudott, csak a helyzetre.

Egyetlen percig se gondoljátok, hogy mi az eltelt években nem gondoltunk rátok fájdalommal, szeretettel, olykor sajnálattal, sok-sok szorongással, félelemmel a jövőtökkel kapcsolatban. Mi, a nagyszüleid és én, a mostohamamád, ebben a percben úgy érezzük, nincs már mit tennünk, mindenért bocsánatot kértünk. A hibáink miatt, a bántásainkért, a segíteni akarásunkért, ami rosszul ért véget, a fel nem ismert dolgokért, az elmulasztott tetteinkért, felületességünkért, a következetességünkért, minden haragunkért.

Más dolgunk nincs már, hát várunk. Várjuk a lehetőséget, várjuk a felnőttségeteket. Reménykedünk abban, hogy ti jól meg fogjátok ismerni a szüleiteket, és majd képesek lesztek elfogadni a döntéseiket. Bízunk benne, valamennyire a család többi tagjára is kíváncsiak lesztek, és megismerve a mi igazságunkat is, meg tudjátok bocsájtani, amiket nekünk nem sikerült.

Azzal kezdtem a mesét, ha emlékszel, hogy nem magyarázkodom. Emberek vagyunk mi is, rengeteg hibát követtünk el. A szüleid is rengeteg hibáznak, amíg felnőttök. Számolhatatlan alkalom lesz, amiért haragudnotok lehetne. Jó lenne, ha ez az érzés titeket elkerülne.

Nem magyarázkodom, csak mesélek, és ahol szükségét érzem, bocsánatot kérek.

Megkérdezhetnéd, miért tőled kérek mindvégig bocsánatot. Azért, kicsim, mert amíg mi, felnőttek, nem tudtunk mit kezdeni haragunkkal, sértődöttségünkkel, egymással, titeket büntettünk.

Az igaz mese történetet neked ajánlom, Linda, 2012 augusztusában, bizonyságot téve arról, hogy nem felejtettünk és ezután sem feledünk el titeket. Ősszel iskolába mész, a hónapok ezután is gyorsan váltják egymást, egykettőre nagylány leszel. Már nem fognak érdekelni a mesék, igaz történetekre vágysz. Életed ezen része úgy telik el, hogy nem nagyon tudsz majd lé-

tezésünkről, nem ismered a családunk szép és kevésbé szép
történeteit, csak a szüleid elmondásaiból, talán. Tudnod kell,
jogod van hozzá, hogy megtudd, van más igazság is. A mi igaz-
ságunk, a mi érzéseink.
 Mire felnősz, talán mi nem is létezünk már. Kérlek, Linda,
ha véletlenül nekünk nem lesz már lehetőségünk rá, meséld el
a húgocskádnak is. Ha úgy gondolod, hogy érdemes...
 Lili néni befejezte a diktálást, történetének végére ért. Sokat
dolgozott abban a nagy melegben.
 – Miért tetszett mindezt megosztani? – kérdeztem őt, mi-
közben jókora gombócot éreztem a torkomban.
 – Szeretném, ha közzé tenné, abban a majd csak elkészülő
könyvben. Nem hiszem, hogy az én életemben sikerül még ma-
gamhoz ölelnem az unokáimat, de hiszek a sorsszerűségben. Ha
maga mégis megírja azt a könyvet, ha sikerül megjelentetnie, és
ha a kislányok legalább úgy szeretnek olvasni, mint a szüleik,
akkor talán eljuthat hozzájuk valamikor majd az igazságunk.
Akkor hátha bocsánatot nyerünk! Ebben bízom.
 Bánatának igazgyöngy könnycseppjei közül néhány legör-
gött idős arcán, a ráncok között.
 Miközben megsimogattam remegő kezét, megígértem, min-
dent megteszek ezért.

Katica néni igazgat

Komor, november végi, ködös hangulat uralkodott a világban. Orsi belső, felbolydult világában is, amikor hozzáfogott a takarításhoz. A karácsony előtti nagytakarítást kellett elvégeznie Katica néninél, akihez réges-régi szeretetszövetség kötötte. A néni és Orsiék barátsága mintha már ezer éve tartott volna, az eltelt évtizedek alatt erőssé, méllyé és szétszedhetetlenné kövült. Orsi és férje, Tamás tiszteletbeli nagymamának titulálta, sőt gyakran előfordult, hogy a fiatalasszony úgy érezte, mintha második anyukája lenne. Sokszor az is volt. Jó és rossz értelemben egyaránt. Olykor a szívére ölelte őt, máskor nevelte, irányította, korlátozta, pont úgy, mint az anyák a lányaikat. Volt közöttük valami ősi kötelék, amit a kezdetektől éreztek. Erre építettek a hosszú évek alatt tisztességet és bizalmat, egymás sorsa iránt való együttérzést, kitartó hűséget. Ha sokáig nem találkoztak, Orsinak hiányzott a komoly, érett asszony gyakorlati tapasztalata, bölcsessége, és hiányzott az a cinkos huncutság, felszabadult öröm is, amit csak Katica néni társaságától kapott, és ami olyan természetesen csordogált a beszélgetéseikben, mint sötétlő erdőben a friss patak.

Orsi nagyon szeretett együtt tevékenykedni Katica nénivel. Futott az idő, amikor együtt voltak, okosan, bölcsen, vagy viccesen, nevetgélve tárgyalták ki a világ nagy dolgait. Akkor sem változott ez a felhőtlen együttlét, amikor kiderült, hogy teljesen más a világnézetük. A fiatalasszony a megrögzött és megdermedt matériából érkezett, ki is tartott gyökerei, nézetei mellett, míg Katica néni mély vallásossággal gyakorolta hitét. Érezhetően volt egy felsőbb, szellemi hatalom az életében, amit követetett, ami vezette, benne volt abban a szeretetteljes elfogadásban és irányításában is, amivel Orsi felé fordult. Eltérőségük ellenére, ami a világ eredetét, történetét és folyását illeti, minden másban egyformák voltak. Katica néni Orsi folytatása volt. Orsi volt ő, idősebben, gyakorlottabban, érettebben, letisztultan. Legalábbis ami a múltbeli, közös életüket illeti. Mert néhány hónappal ezelőtt történt valami. Úgy kúszott ez a valami az életükbe, mint egy éhes, gonosz, élvezkedő ragadozó, aki nem akarja áldozata gyors halálát, inkább örömét leli annak szenvedésben, alattomosan és rosszakarón. Kényelmesen fészkelte be magát kettejük közé a gonosz, hol egyiküket, hol másikjukat gerjesztette és tüzelte fel, egészen a veszekedésig, miközben ő, a harmadik, kárörvendőn várakozott, kárörvendőn és türelmesen. Várta a bukást, valamelyikük bukását. Azóta ők ketten nem értettek egyet, azóta nem tudtak békességben maradni. Amiről eddig egységben gondolkodtak, mostanában már mást gondoltak, nem tudtak egyezségre jutni, csak kikínlódott engedmények voltak, sajgón lüktető lemondással, hol egyikükben, hol másikukban.

Az addig okos, művelt, mindenre nyitott és mindent megoldó, jó kedvű Katica néni egyszerre akaratos lett és konok, már-már önfejű, saját sorsának megélésében is bizonytalan, tehetetlen. Egyre-másra ismeretlenebb és idegenebb személyiségjegyeket vett magára. Zaklatott volt, szeszélyes és türelmetlen. Gyakran látszódott rajta harag, csalódottság és félelem, szorongást és pánikot is megfigyelt Orsi. Csak a „most" létezett számára, és csak úgy, ahogy ő elképzelte.

Szemmel látható volt, ahogyan Katica néni megöregedett, Orsi minden alkalommal tapasztalta ezt, ha látogatóba ment. Idegesítette ez az újabb Katica néni. Nőtt az ellenérzése és haragja, amiért lassan elveszíti a legjobb barátját. Nem bírta elviselni ezt a veszteséget. Egyre ingerültebben, szorongással, előítéletekkel ment segíteni. Rosszabb napokon, ha csak tehette, ki is hagyta a látogatást. Egyedül Tamás kitartása volt az, ami miatt vállalta még. Ha a férje nem lenne annyira megértő, ő már régen elbúcsúzott volna Katica nénitől. Vagy inkább búcsú nélkül távozott volna.

– Megöregedett, nagyon megöregedett. Olyan tehetetlen lett, biztosan az bántja, attól nyugtalan. Minden öreg ilyen szeká-

lós, próbáld elfogadni őt! – vigasztalta Tamás, amikor elsírta a bánatát otthon.
– Észrevettem én a romló képességeit, de minden vitánkat nem lehet az öregségre meg a tehetetlenségre fogni. Nekem ez nem megnyugtató magyarázat – panaszolta tovább –, teljesen meg fogom gyűlölni, ő meg majd engem.

Kereshettek volna más segítséget, ha Katica néni is szerette és bevállalta volna, de Katica nénivel erről beszélni sem lehetett, azonnal lenémította a házaspárt, ha egy idegen támogatásáról szó esett. Semmit sem szeretett, semmit sem akart Orsin és a férjén kívül.

A házaspár meg akart felelni az elvárásainak, hosszú évek barátsága is erre szólította őket, munkájuk és családjuk mellett mégsem voltak képesek minden kívánságát teljesíteni.

Hát így csak vitatkoztak, hónapok óta. Míg egyikük az elvárásait szerette volna érvényesíteni, a másikuk nem bírta idővel, szusszal, lelkierővel. Nem is sikerült kiegyezniük. Vagy nem úgy sikerült, mint régen.

Most is várta a fiatalasszony a vitát, a feszültség ott keringett a szobában. Mintha valaki valahol kopírozta volna az eseményeket, mindig ugyanabban a kátyúban toporogtak. Hiába próbálta megértetni Katica nénivel, amikor frissen ideért, hogy ebben a hónapban nem lesz ideje majd olyan sűrűn jönni hozzá, a néni sehogyan sem tudta, vagy nem akarta ezt elfogadni, Orsi számára a munkahelyén zajló események pedig most fontosabbak voltak, mint Katica néni cseppet sem időszerű problémái, amiket később is meg tudnának oldani.

„Megint össze fogunk veszni" – gondolta magában Orsi, amikor felsorolta, hogyan alakul a karácsonyi programja.

– Az ünnepen én a templomban szeretnék imádkozni – mondta Orsinak nagyon határozottan Katica néni.

– Elhiszem, Katica néni, én meg dolgozom. Benn vagyok szenteste és karácsony másnapján is. A család vár rám, arra is készülnöm kell. Különben meg tetszik tudni, hogyan vagyok én a templommal, nem is hiszek Istenben, azt sem nagyon tudom még igazán, mit kell ott tenni. Olyan kellemetlen ez nekem – próbált védekezni Orsi kegyes füllentéssel, a szertartási gyakorlatot illetően.

– Ugye, tudod, milyen nagyon szeretem Istent – érvelt az öregasszony csellel, az érzelmein keresztül próbálva megkaparintani a fiatalasszonyt –, és még annál is jobban a fiát, akinek a születését várjuk. Ez most nagy ünnep lesz. El kell menni! Orsi hallgatott.

– Képzeld csak, amikor kicsi lány voltam – fogta lágyabbra Katica néni –, a testvéreimmel szépen felöltözve minden vasárnap délelőtt elmentünk a misére, elöl édesanyánk, mi pedig utána, sorban, sorban, minden nővérem, legutóbb én, születés szerint. Édesapánk jött a legvégén, figyelt ránk, nehogy valami rosszaságot, huncutságot kövessünk el menet közben. Édesanyánk tarttatta velünk ezt a szép sormintát, csakis egymás után mehettünk. Úgy vonultunk mi, lányok, olyan nagyon büszkén, mert szépek is voltunk, csinosak is, a mamánk mindig nagyon gondosan öltöztetett bennünket. A legszebb ünnep a húsvét volt mifelénk, amikor már éledt a természet, lekerültek a bekecsek meg a nagykabátok, és amikor úgy köszönthettük egymást a templomajtóban: „Feltámadt Krisztus!" No, tudod-e mi volt rá a felelet?

– Nem tudom, honnan is tudhatnám, nem is éltem még akkor – vonta fel a szemöldökét Orsi.

– Attól még tudhatnád, ha hinnéd! Na meg, ha érdekelne! – válaszolta gúnyosan a néni, miközben szemüvege felett szemrehányó pillantást is vetett Orsira. – Hát, az volt a visszaköszönés: „Valóban feltámadt!" Ugye, milyen szép? Mindenki mosolygott, és oly közel voltak az emberek lélekben egymáshoz, ami ma már elképzelhetetlen.

– Biztosan szép volt – felelte Orsi rezignáltan. Érezte, ahogyan lassan és totálisan elönti az epe.

– Amikor vége lett a feltámadási misének, és hazamentünk, terített asztal várt bennünket – folytatta az öregasszony. – Akkor már ehettünk húst meg sonkát, tojást, mindenféle olyan finomságot, amit megáldott a pap. Te el sem tudod képzelni, micsoda lakomát csaptunk! Édesanyánk nagyon ügyes háziasszony volt, mindenféle finomságot előteremtett az ünnepre, pedig akkor nagyon nehéz volt hozzájutni az alapanyagokhoz, nem úgy, mint mostanság! Most csak besétálnak az asszonyok a boltba, és minden ott van az orruk előtt a polcokon, mindent megvehetnek. Végtelenül kényelmesek! Akkor nem volt szupermarket meg kötözött sonka, meg félig kész ételek. Persze pénz sem. Orsiban a közben felszaladt indulat elért a nyelve hegyéig, csak arra várt, hogy akár résnyire is, de kinyissa a száját. Nem akarta ő olyan nagyon, a kettőjük közé furakodott gonoszság azonban besegített.

– Igaza van, Katica néni! – csattant fel, és nem tudta visszafogni magát. – Tetszik tudni, a „mostanság" asszonyai, akik valóban bemennek húsvét előtt a boltba és megveszik az ünnepi asztalra valót, dolgozó nők, és bizony még nagypénteken is dolgoznak, mert ebben a rendszerben ez a nap jelentéktelen, amit Katica néni érthetően zokon is vesz. Az én korom asszonyai nem csak a háztartást vezetik meg a gyermekeiket nevelik, mint dédanyáik, hanem napi nyolc órát töltenek el a munkahelyen, utazással együtt talán még tízet vagy többet is. Tanulnak és karriert építenek, nehogy elmaradjanak a férfiaktól, meg valljuk be, a keresetük kell is a megélhetéshez. Aztán jön csak a háztartás, a gyerekek, és ha lehet, ha van, némi mellékes. Milyen csodás is lenne, ha egy „mostanság asszony" háziállatokat tartana az egy négyzetméteres erkélyén, mondjuk, malacot. Akkor, lenne módja húsvéti sonkát pácolni, meg füstölni, persze, ha lenne rá ideje. Még tésztát is gyúrhatna az ünnepi levesbe két ablakpucolás között, netán ruhát varrhatna a lányainak munkába utazás közben. A „mostanság" asszonyoknak, akik olyan „végtelenül kényelmesek", ahogyan tetszett mondani, anyukájuk sincs, aki besegíthetne, mert az ugyanúgy dolgozik, ha öregségére meg akar lenni valahogy.

Katica néni nyugodtan hallgatta Orsi csípősre sikeredett szavait, nem vágott vissza, csendben maradt. Beszédes csendben, mert a replikázó fiatalasszony rögtön megérezte a felé küldött ellenérveit, amiket persze nem mondott ki. Bántódott volt. Orsi látta a szemében tükröződő fájdalmat. Az öregasszony csendességbe való burkolózása kicsit elbizonytalanította Orsit, aki mondókájának velősebb részét így már nem bírta kimondani, inkább mély levegővételekkel igyekezett befelé tömködni. Gondolatai azonban folytatódtak: „akárhogyan is nézzük, Katica néninek is én takarítok most, és nem csak azért, mert már öreg és beteg, és már nem bírja. Régen is én takarítottam, amikor sokkal fiatalabb volt, csak nem szerette a nagytakarítást. Nem volt ínyére, a fene egye meg. Kényelmes? Ő az, aki igazán kényelmes! Aztán meg, egyik „mostanság asszony" sem tehet róla, hogy az iskolában sok mindent megtanítottak velük, csak Istenről nem hallottak. Ő személy szerint szinte még a különbséget sem nagyon tudja Isten és Jézus között, fogalma sem lenne a történetükről sem, ha Katica néni nem emlegetné őket folyton. És hogy érdekelnie kellene? Meg netán szeretnie is őket? Ugyan miért? Mit adtak neki, mit adhatnak? Egész eddigi életében mindent magának teremtett meg, ő dolgozott a lakásért, a bútorkért, a megélhetésért. Sem Isten, sem Jézus nem varázsolt oda egy árva sámlit sem. Persze, persze, a férje ott volt, ez cáfolhatatlan, de Isten, az biztosan nem. Jó, hogy Katica néni nem hallja a gondolataimat, lenne egy csomó ellenérve az előzőek mellé, amiket jól elhallgatott."

Lassan nyugodott meg, a méltatlankodás sokáig a torkában dobogott.

Katica nénit fikarcnyit sem érdekelte Orsi dohogása, besétált a szobába a takarítás számára lehangoló látványa elől. A sétája inkább vonuláshoz hasonlított, sebzett volt, gőgös és hajthatatlan. Még talán az orrát is feljebb emelte sértődöttségében, de picinyke fejét mindenképp.

Nemsokára egy ima foszlányai szűrődtek ki bentről. Imádkozott. Orsi a konyhában tette a dolgát, de a füle önállósodott és odahallgatott. Az ima töredékei aztán összeálltak a gondolataiban, eggyé olvadtak, képeket alkottak. Lelki szemei látták, amiről Katica néni mesélt. A templomot, az ünneplőbe öltözött embereket, akik mosolyogva köszöntötték egymást Krisztus feltámadásának reggelén. Látta az átszellemült arcokat, majd a templomban az imára hajló térdeket. Látta a misére igyekvő, csinosan öltözött lányokat, a büszke szülőket, akik a nagy nyomorúság idejében felnevelték Katica nénit és hat lánytestvérét. Látta Katica nénit utolsónak a sorban, mert ő volt a legkisebb, csintalanságait is látta, ahogyan borsot tör nővérei orra alá. Tényleg szép lehetett. És összetartó. Meg olyan végtelenül emberi.

Mélyen magába nézett, és belátta, hogy irigykedett. Az ő szülei hidegek voltak, merevek és kimértek. Egyetlen gyermekként nem tapasztalt testvéreket összekovácsoló szeretetet sem, ez most mind hiányérzetként dobogott a halántékán. Pironkodott is, amiért úgy nekifeszült Katica néninek, olyan méltatlanul. Maga sem tudta, honnan érkezett az a harcos lojalitás, amivel védte asszonytársait. Ráadásul már közel sem volt olyan hitellenes, mint régebben, már sokat tanult és tapasztalt, ezt azonban a néni nem tudhatta. Nem mondta el neki.

Lassan, lábujjhegyen, bűnösként közelítette meg az imádkozó asszonyt, a bocsánatáért indult. Várnia kellett, míg a másik befejezi az imát. Érezte, hogy a néni sejtette őt maga mellett, csak nem akar róla tudomást venni. Katica néni nyugalma a könyörtelen várakoztató nyugalma volt. Kedvét lelte benne, élvezte a helyzetét. Így érezte Orsi, akit a várakozás bőszített, feszített, és éppen elég volt jó szándékának gonoszkodó indulattá változásához. Ott állt, várta az ima végét, és egyre inkább irritálta a néni közönye. Nem tudta, mennyi idő telt el így.

Az öregasszony egyszerre felemelte aprócska madárfejét, pilláit nyitotta, szemöldökét mindkét oldalon felhúzta, hajlandónak mutatkozott ránézni Orsira. Szája szeglete megvetően billent lefelé. Egész arckifejezése fölényességről árulkodott, azt sugallta: „Ha már itt vagy, mondjad!"

A fiatalasszony végre megszólalt. Illedelmesen, de minden lelkiismeret furdalás nélkül, elég sarkosan.

– Katica néni! Biztos szép volt a szülővárosában a húsvét. Ugye, azért tetszik tudni, most nem a húsvétra készülünk. Karácsony közeledik. Én is tudom, milyen nagy ünnep, és felfogom, milyen fontos ez magának. Ennyire nem vagyok buta. Még nem tudom, miként oldom meg, de pontosan úgy, mint eddig, minden alkalommal, amikor csak akarni tetszett, és persze, ha

Katica néninek még akkor is fontos lesz a templom meg a mise, megszervezem, és feltétlenül elvisszük. Ja, és bocsánat!

Katica néni nem foglalkozott az Orsiban dúló kényszerességgel, sem a jól kihallatszódó gunyorossággal. Arcán felragyogott az öröm, két kezét ölelésre tárta, s miután magához vonta a fiatalasszonyt, mélyen szemébe nézve mondta:

– Olyan jó lenne, úgy örülnék, ha közelebb lennél az én világomhoz, és nem lennél olyan csökönyösen a tiédben!

– Hát, az nem fog menni, Katica néni. Én már megcsontosodtam, nem tudok átlépni ezen a szakadékon! – bontakozott ki Orsi az ölelésből.

– Kár, nagyon nagy kár – sóhajtotta lemondón Katica néni. – Talán majd egyszer.

– Hát, abban ne nagyon tessék bízni – szúrt egyet még Orsi.

Biztosan tudta, ő sohasem fog már beszélni ezzel az asszonynyal bizalmasan, sem magáról, sem a lelkében zajló változásokról.

Nemsokára végzett a takarítással, lassan pakolászta a takarító eszközöket a helyére. Halkan rakodott, miközben a szoba felől valami gyönyörűséges dallamot hallott dúdolva, szöveg nélkül. Óvatosan nézett be a szobába, közelebbről akarta hallani. Az öregasszony kezét összekulcsolva, kissé előre dőlve, imádságos lelkületben ült kedvenc székében. Szemeit lecsukva, hol csendesen, hol hangosabban dúdolt. Felsőtestével előre-hátra billegett. Az ablakból beszűrődő déli fény körbesütötte pöttömnyi alakját, körberagyogta, mint valami glória, átkarolta, átitatta, melengette. Teljesen elmerült az imában.

Orsi rácsodálkozott a jelenségre, kicsit meg is rendült. Most, ebben a percben valódi, mély tiszteletet érzett, őszintén nagyra becsülte Katica nénit tántoríthatatlan hitéért.

Türelemmel várta, míg Katica néni végez az imával, aztán szólt, hogy végzett, és mennie kell. Katica néni kisétált hozzá, arcán még halovány átszellemültség látszott. Sápadt volt. Nagyon sápadt.

– Örültem, hogy itt voltál – mosolygott vértelen ajkaival, és elköszönt.

– Csókolom – hajolt hozzá közelebb a fiatalasszony –, nemsokára jövünk. Vigyázzon magára!

Az öregasszony, szokása szerint, jobb kezének mutatóujjával kis keresztet rajzolt Orsi homlokára.
– Legyen veled továbbra is az Úr! – mondta közben.
A fiatalasszony nem tiltakozott a kiskereszt ellen, többször kapott már ilyet. Tudta, nem árt, meg nem is használ, de Katica néninek jólesik, jelölgesse csak. Azt viszont fennakadt a fülében, amit mondott: „legyen veled továbbra is az Úr". Kitartónak, szívósnak, kicsit vajákosnak is gondolta Katica nénit, amiért nem tudta feladni a térítést. Orsi nem érezte maga mellett az Urat. Az öregasszony katicacsápjait érezte, meg rövidke, birizgáló katicalábait, amik az őrületbe fogják kergetni nemsokára. Gondolatban domború katicahátára rajzolt egy fekete katicapöttyöt, a régebbiek mellé.

Este otthon kicsit bánatosan mesélte el a férjének, mi történt a takarítás alatt, és desszertként tálalta, hogy Katica néni misére akar menni az ünnepek valamelyikén. Tamás, aki végtelenül türelmes ember volt, összehúzta ugyan bozontos szemöldökét, de nem mondott nemet.
– Hamar elintézted! – háborgott Orsi.
– Úgyis eléri, amit akar, te is tudod. Semmi értelme az ellenkezésnek – nyugtatta a feleségét.
– Hát, az már igaz – bújt a köntösébe az asszony. – Emlékszel, amikor először említette meg, milyen nagy ellenérzéssel meg szorongással gondoltam a misére! Milyen nehezen vittük el!
– Na, azt nem lehet elfelejteni – mosolygott Tamás. – Jó ideig hallgattam a morgást miatta.
– Te is morogtál az elején! – játszotta meg a sértődöttet Orsi.
– Mert megerőszakoltatok! Két nő egyszerre! – kajánkodott a férj.
– Igaz – vallotta be Orsi.
– Emlékszel? Katica néni heteken keresztül erőszakoskodott, én meg vonakodtam, mert olyan távol volt tőlem az egész hitélet, amibe bele akart rángatni engem. Főképpen én voltam a kerékkötő. Tudod, hogy nekem nincs különösebb bajom a templomokkal. Amikor kirándultunk, a templomokba is be-

mentünk, még arra is nagyon figyeltem, hogy megfelelő illendőséggel legyünk felöltözve a szent helyeken. Egy kis időre jó is volt ott lenni! Az ott rejtőző misztikum, a kényszerítés érzése a csendesedésre, mindig meghatott engem, megállásra, gondolkodásra szólított. Szertartáson viszont gyerekkorom óta nem voltam. Végül is nagy nehezen, Katica néni békéjéért, de leginkább a sajátomért, ne zaklasson már tovább, beadtam a derekam. Hát legyen, essünk végre túl rajta!
 – Téged is megerőszakolt! Micsoda fertő! – viccelődött Tamás.
 – Kiállhatatlan vagy! – szólt a férjére Orsi.
 – Már nem is tudom, nem emlékszem jól, mikor is volt az első utunk – fogta kezébe a borotváját a férfi.
 – Egy szép tavaszi vasárnap délelőttjén, talán május volt. Emlékszem, annyi virág nyílt akkor. Sohasem láttam még olyan szépnek a házak környékét. Most is látom a színeket, érzem az illatorgiát, főleg az akácot. Olyan jó volt kiszabadulni végre a tél szürke szorításából.
 – Tudom már – vidult Tamás –, még mondtad is, kirándulnunk kellene, nem bemenni abba a hideg épületbe! Máris fáztál, de hiába cseleztél, nem sikerült! Katica néni a legszebb ruhájában pompázott, egészen kivirult, olyan hálásan karolt beléd.
 – Igen – vette át a szót Orsi –, kalapot, kesztyűt is viselt, a sál színe, amit nyaka köré tekert egészen lazán, összeillett az átmeneti kabátjával, táskájával, cipőjével. Az összhang lenyűgözővé tette, pedig milyen egyszerű volt az öltözete. Vonzotta a tekintetet, mert volt tartása. Nem hordta a ruháit, hanem viselte!
 – Tényleg jól nézett ki, de tántoríthatatlanul csak a templomnak. Milyen elutasítón fogadta a kirándulási javaslatod! – csúfolódott a férfi.
 – Csakugyan. Azt mondta: „utána mehetsz kirándulni, egész délután szabad leszel." Nem akartam megbántani, de alig vártam, hogy túl legyek rajta. Te viszont jól kihúztad magad a dologból – fenyegette meg mutatóujjával Orsi a férjét. – Minden álmát összetörted. Határozottan jelentetted ki, te ugyan elviszel bennünket a templomig, de kinn maradsz, és megvársz bennünket a kocsiban. Ellenvetésnek nem nagyon volt helye!

Szegény asszony, ha tudott is valamit a hovatartozásodról, de a szemében, ha láttad volna azt a sárga fénnyel csillanó csalódottságot, később meg a szemráhányást! Ahogy legörbült a szája, azt jelentette, abban a percben nagyon megvetett téged, még akkor is, ha egyébként szeretett.

– Hát, akkor fura is volt nekünk a mise!

– Igen. Tudod, én akkor fogadalmat tettem, még itthon eldöntöttem, inkább csak segítem majd őt, a szőnyegeken, a padban, keresek neki ülőhelyet, nem fogok én figyelni, főleg nem a papra. Amikor Katica néni szólt, hogy gyónni és áldozni is szeretne, közel ültünk le a gyóntatószékhez. Ő megvárta, amíg sorra kerül, majd eltűnt a fülkében, és jó sokára tért vissza. Azon morfondíroztam nagy szemtelenül, milyen sok bűne lehet, ha ilyen sokáig tart felsorolni.

Tamás felnevetett.

– Már javában folyt a szertartás – folytatta Orsi –, amikor Katica néni előkerült a gyóntatófülke mélyéről, keresztet vetett, belépett a padba, majd térdre ereszkedett. Úgy láttam akkor, transzba esett, és komolyan aggódni kezdtem érte, igen sűrűn nézegettem. Aztán elkezdett mocorogni, ebből sejtettem, hogy még életben van.

– Túlélte! – sóhajtotta arcátlanul a férfi.

– Ne csinálj már mindenből viccet! Tudod, milyen rosszul éreztem magam? – fortyant fel az asszony. – Azt sem tudtam, miről szól az egész, de ez volt a legkevesebb. Attól sokkal kellemetlenebbül voltam, hogy mennyire együtt voltak a többiek. Ennyi ember egy akarattal, egy lelkiséggel ugyanazt tette. Ez olyan tiszteletet parancsoló, olyan megrendítő élmény volt.

Orsi picit csendben maradt, felidéződtek az akkori érzelmei. Azzal kezdődött, hogy a gyomrát a torkába lökte valami, szaladt a szíve, nehezen vette a levegőt, fejében tompán, zsibongva tódult a vér egyik helyről a másikra, minden lüktetést a fülében érzett. Ilyennek gondolta azt, amikor az emberek tüntetnek valamiért, vagy valami mellett szolidaritást vállalnak, kiállnak együtt egy akaratért, egy meggyőződésért. „Mindenki egyért" jutott eszébe az idézet, az lehet hasonló. A mise végén a Himnuszt énekelték, már páracseppeket is érzett a szeme környékén, de erős maradt, nem engedte meg magának az ellágyulást. Ő „csak" a barátnőjét hozta. Ennyi.

– Katica néni akkor nagyon megkönnyebbülten, szinte légiesen szállt ki itthon az autóból – folytatta az emlékezést Tamás. Mindkettőnk homloka megkapta a maga kis keresztjét, és nagyon köszönte az ajándékot, amit kapott, amihez mi ketten szerinte hozzájárultunk.

– Tényleg! – tért magához Orsi. – Csodálkoztunk is, milyen ajándékról beszélhet. Csak egy misére vittük el. Nem igazán értettük.

– Akkor még fiatalok és rugalmasak voltunk, és pofátlanok is, jókat derültünk Katica néni átváltozásán – vette a szájába a fogkefét Tamás.

Orsi számára a fogkefe azt jelentette, a férje a beszélgetést befejezettnek tekinti, nyugovóra térne.

– Most viszont sem fiatalok nem vagyunk, sem rugalmasak, és már régen nem nevetjük ki Katica néni átszellemültségét. Már nemcsak a sátoros ünnepeken, minden vasárnap is elvinnénk a templomba, de már nincs lehetőségünk rá. Aludj jól, kicsim!

– Jó éjszakát! – köszönt el feleségétől Tamás.

Orsi nagyon sokáig forgolódott az ágyban. Gondolatai az ünnepek, a templom meg Katica néni körül forogtak. Az éjszaka nagyon sötét volt, a csillagokat, a Holdat felhők takarhatták. Hallotta az odakinn feltámadó szelet. A hálószoba előtti nyárfa egyik ága folyamatosan kopogott az ablakon, hol erősebben, hol kevésbé, ahogyan szaggatta a szél. Süvített a levegő az utcán, és befütyült a szobába a huzatos ablakon át.

Orsi most nem bánta a szelet, legalább kiviszi a ködöt meg a szmogot a külváros magas épületei közül, talán holnapra kiderül, és kisüt végre a Nap. Fázott. Előkotort még egy takarót, szorosan beleburkolta magát, és dideregve fészkelődött Tamás hátának közelébe.

Magányos volt, pedig férje egyenletesen szuszogott mellette. Mire sikerült volna elaludnia, mindig felébresztette valamilyen zörej a kinti viharból. Aztán egyszerre valahonnan emlékei mélyéről, az álom és ébrenlét határán bukkant fel az emlék, határozottan, erőteljesen. Fekvő helyzetéből fel kellett ülnie. Felkelt, kinézett az utcára. A szélrohamok egy helyre, egy sarokba sodorták a szemetet, ami most ázott és lehangoló képet mutatott. Néha egy levél, ami még nem hullt le, és erősen ragaszkodott a helyéhez a fa ágán, a falnak csapódott, mások körtáncot járva hulltak később a betonrengeteg járdájára. Ráérősen csitult a vihar, a szél kissé elcsendesedett, a nyárfa ágai sem verték már az ablakot. Intenzíven esett.

– Miért nem alszol? – kérdezte Tamás, aki éppen ekkor ébredt.

– Megyek – felelte Orsi.

Bekuporodott az ágyba. Aludni szeretett volna, de ez az éjszaka nem ígért nyugodalmat. A zuhogó eső, a csatornában folyó, hideg, novemberi csapadék, az álomkép, ami felkelésre kényszerítette, visszavezette a múltba, egy élelmiszerboltba. Itt kezdődött Katica nénivel való kapcsolatának históriája, amit az elmúlt hónapokban ezerszer átgondolt már.

Azon a napon is ilyen nagyon esett, amikor először találkozott Katica nénivel. Nagyon sietett, azt a kevés időt kellett kihasználnia a napi bevásárlásra, amíg kisbabája aludt.

Cseppet sem volt nyugodt, nem szerette egyedül hagyni a kicsit. Az eső ömlött, vitte a szél, farmernadrágja térdig ázott, lába cuppogott a cipőjében, az ernyőjéből folyamatosan csordogált a hideg víz a nyakába. Nyomorultul érezte magát, amikor belépett az üzletbe, nem is nézelődött, egyenesen a csemegepulthoz sietett.

Egy idősödő néni álldogált a pultnál, szemenként válogattatta ki a tepertőt a pultos hölggyel, aki valószínűleg már megszokta a néni aprólékos vásárlását, mert nem idegeskedett, nem volt türelmetlen. Orsi viszont igen. Toporgott a néni mögött, aki észrevette a fiatalasszonyt, barátságosan rámosolygott, és rendíthetetlen nyugalommal tovább kutakodott a szemével, melyik tepertőszemet kérje a csomagba.

– Nagyon siet, ugye? – kérdezte váratlanul hátrafordulva Orsitól.

- Sietnék, ha nem lenne nagy baj, pici babám van otthon egyedül - szólt vissza csípőből Orsi. Hangjából kihallotta saját bántó, ingerült hangsúlyát.

- Ne féljen, nem lesz baja, ha a kiságyban van, és maga gondosan elpakolt körülötte. Ugye, elpakolt? - kérdezett vissza kissé csipkelődőn a néni.

Orsiban, aki egyébként indulatos fiatalasszony volt, hamar felszaladtak a hangyák. Mérgében elpirult, de most csak magában füstölgött. Feltartotta ez a nő, ráadásul valamilyen jogon számon is kérte. Micsoda perszóna! Erőt vett magán, de a mosoly, amivel az ismeretlen asszonyt próbálta megajándékozni, sutára sikerült.

- Hát hogyne, asszonyom, nagyon gondosan hagytam ott. Mindamellett nem szeretnék sokáig távolban maradni. Főleg nem ok nélkül.

Nem hagyhatta ott a sort, pedig már nagyon szerette volna. Haladt az idő, ez a beszélgetés is kényelmetlenné vált. A külvárosban azonban, ahol éltek, ez az egy élelmiszerbolt volt elérhető gyalogos távolságban, s neki muszáj volt itt és most bevásárolnia.

- Meglátja, nem lesz semmi baj - szólt az asszony Orsi felé bólintva -, a viszontlátásra.

Orsi barátságtalanul búcsúzott tőle.

- Csókolom. Méghogy viszlát - fordult az eladó felé -, sohanapján! Mentsen tőle az ég!

Az ég nem mentette meg Orsit. Máskor is, sőt, egyre többször találkoztak az üzletben. A néninek mindig volt mondanivalója, amivel belekapaszkodott a fiatalasszonyba. Az elején még bosszantotta Orsit a kotnyeles asszonyság, olyankor hamar ott is hagyta. Később már előfordult, hogy Orsi sem sietett, a néni meg érdekeseket mondott. Akkor többet beszélgettek. A találkozásokban az egyébként magányos fiatalasszony egyre jobban feloldódott, még bosszúságait is elfelejtette. Megtudta, a nénit Katicának hívják, megtapasztalta, milyen művelt, okos, értelmes, és megértette őt. Több évtized feszült közöttük, Orsi problémáira mégis találtak megoldást Katica néni kötényében. Kapcsolatuk elején csak az apróbbakat beszélték meg a háztartásból, később a nagyobbakat is, amiket életében elébe hozott a sorsa. Hónapokkal később Orsi már korlátlanul megbízott az idősödő néniben.

Egy alkalommal Katica néni nagyon bevásárolt valamilyen ünnep közeledtével, a sok szatyor nem is fért el a kezében, amikor Orsi a boltba lépett.

– Csókolom, Katica néni, tessék várni, segítek! – szólt Orsi, de látta, a néni viaskodik önmagával, engedjen-e a felajánlásnak, merje-e kihasználni a kínálkozó lehetőséget.

– Hol a pici? Nem kell sietned? – kérdezte, miközben a szatyrokat egyik kezéből a másikba kínlódta.

– Otthon van a párom, most van, aki vigyáz rá. És már nem is olyan pici, lassan mehetünk az oviba – válaszolta Orsi, miközben elvette a csomagokat.

Együtt hagyták el az üzletet, és Orsi elkísérte Katica nénit. Nem siettek, beszélgettek. Míg sétáltak, szemügyre vették a növényeket, amik mellett Orsi a mindennapokban csak elrohant. Katica néni mindről tudta, mi a neve, mire jó, hogyan kell hasznosítani a háztartásban, hogyan kell szaporítani, ha többet is szeretne belőle valaki. Ennyivel még nem elégedett meg. Majdnem mindegyikhez volt egy érdekes sztorija, amit vagy maga tapasztalt meg, vagy másoktól hallott. A fiatalasszony jól szórakozott.

Így értek Katica néni háza elé, csomagostul. Orsi megvárta, míg a néni egyenként bevitte őket a lakásba. Az utolsó szatyornál Katica néni megkérdezte:

– Orsi, nem jönnél be egy kicsit, meghívlak egy teára! Köszönetképpen.

– Ne tessék haragudni, sajnos mennem kell, nagyon elsétáltuk az időt. Máskor, ha lesz rá alkalom, elfogadom a teát. Talán a legközelebbi sétán eljövünk a kisfiammal, legalább őt is meg tetszik ismerni.

– Várlak titeket! – lépett közelebb Katica néni, majd Orsi legnagyobb megrökönyödésére jobb kezének hüvelykujjával keresztet rajzolt a fiatalasszony homlokára. Először a függőleges, majd a vízszintes vonalat, s közben mormolt valamit magában,

amit Orsi nem értett. Vagy nagyon halkan mondta, vagy az egyre növekvő ijedelem gátolta Orsit a megértésben.
- Katica néni, én nem tudom, miért kell ez! Én nem vagyok hívő - próbálta meg zavarát palástolni a fiatalasszony, attól is tartva, hogy emiatt elveszíti Katica nénivel kialakult kedves barátságát.
- Ne félj! - nyugtatta az öregasszony Orsit. - Majd gyere a kisfiaddal!

Hátat fordított, és nagy megelégedéssel, derűsen tipegett be a bejárati ajtón.

Orsi még egy gondolatnyit álldogált ott, próbálta megérteni, mi is történt. Azt hitte, valaminek az áldozatául esett. Aztán azon töprengett, fog-e ártani, vagy nem ez a jel, mit tegyen, ha rossz dolgokat tapasztal magán, és egyáltalán, el merjen-e jönni majd a gyerekkel, ahogyan ígérte. Pillanatnyilag azt sem tudta, ki ez az asszony valójában, teljesen összezavarodott.

Visszament a boltba, elintézte a bevásárlást. Mire hazaért, mégiscsak eldöntötte, ígéret ide, vagy oda, nem viszi el a fiút. Majd, ha kicsit nagyobb lesz, és tud védekezni a rontás ellen. Ha ez rontás volt egyáltalán.

Egy szép, napos, de nem túl meleg délutánon, amikor Orsi nagyon egyedül érzete magát, és szükségét érezte a kikapcsolódásnak is, sétára indult a kis Dáviddal. A gyerek hamar elaludt a jó levegőn, nem volt kivel beszélgetnie. Elmerült hát saját gondolataiban, s mire felocsúdott, éppen ott jártak Katica néni háza előtt. Az öregasszony a virágait, növénykéit babusgatta az előkertben, azonnal észrevette őket. Melegen üdvözölte Orsit, és azonnal emlékeztette a régi ígéretére, miszerint iszik vele egy teát.

Orsi is szívélyesen köszöntötte, de óvakodott is egy kicsit, a gyereket féltette. Régen a nagymamája fordítva adta a család babáira a kisinget szemmel verés ellen, ha pedig a baj már megtörtént, és sírós volt a gyerek, szenes vizet itatott vele. A kis Dávidon nem volt fordítva az ingecske, a központi fűtéses lakásukban pedig csak varázslattal lehetne parazsat alkotni. Szerette volna valamilyen indokkal visszautasítani a meghívást, és he-

vesen keresgette a gondolataiban az okokat. Ingadozását Katica
néni észrevette, hagyott időt a döntésre. Addig is kíváncsian kukucskált a kocsiba, nagyon szerette volna látni a kisfiút, aki felébredt, és keserves, lármás sírással fogadta az ismeretlen arcot.
Orsi vigasztalni próbálta, de sem az ismerős simogatásra,
sem anyukája duruzsoló hangjára nem nyugodott meg, vigasztalhatatlan volt.

– Rosszat álmodhatott, vagy a foga kínozza – magyarázkodott Orsi –, nem szokott félni az idegenektől.
Katica néninek mindkét esetre volt házi, praktikus javaslata. A fiatalasszony tartott a javaslataitól meg tőle is. A szemétől, ahogyan a nagyitól hallotta, meg a keresztjétől, amit a
homlokára rajzolt a múltkor. Illedelmesem meghallgatta Katica nénit, hamarjában összenyalábolta a gyereket, és amilyen
gyorsan csak lehetett, elbúcsúzott. Ő ugyan megkapta a maga
keresztjét ismét, de a kisfiúra Katica néni nem tudott jelet tenni. Szerencsére. Így gondolta akkor Orsi.

Teltek, múltak a hetek, évszakok váltakoztak, és ők ketten egyre jobban szerették egymás társaságát. Orsi tanácsokat kapott,
kellemes délutánokat, megértést, bizalmat, amiért Katica néni
egy-egy apróbb szívességet kért. Aztán már feladatot adott, olyan
hivatalos elintézőseket is, amihez a néni már nem értett. Összedolgoztak, segítették egymást. Egy ilyen alkalommal történt,
valamilyen adatszolgáltatás miatt szükség volt a személyi igazolványra. Orsi meghökkenve olvasta az okiratban Katica néni
keresztnevét. Nem is Katalinnak hívták. Katica néni észrevette az asszonyka döbbenetét.

– Sára névre kereszteltek – előzte meg őt Katica néni.
– Akkor miért Katalin? – kockáztatta meg a kérdést Orsi.
– Amikor összeesküdtünk a férjemmel, elköltöztünk otthonról, mindkettőnk családjától messzi, idegen városban kezdtük
közös életünket. Pár hónap múlva kitört háború. A párom elég
járatos volt politikai berkekben, elég tájékozott is, és egy napon azzal a kijelentéssel állt elém, hogy nem hangzik jól a nevem. Hiába érveltem én édesanyám döntése mellett, aki mind-

annyinknak szép bibliai nevet adott, abban a reményben, hogy szerencsét hoz nekünk, a férjem ragaszkodott a változtatáshoz, legalább az utcán ne hallják az idegenek. A Sára nagyon irritált akkor bizonyos köröket ott, ahol laktunk. Aztán, gondolta a férjem, ha az utcán másképp szólít, jobb, ha már otthon is azt teszi, hamarabb megszokja. Így lettem Katalin. Neki az tetszett a legjobban, nekem meg mindegy volt, ha már nem használhattam a sajátomat. Ha lett volna egy lányunk, őt Katalinnak neveztük volna.

Orsi hallgatott, Katica néni folytatta:

– Te el sem tudod képzelni, milyen csúnya világot éltünk akkor. Egy szó, egy név, egy pletyka, és máris igazoltattak, jött a börtön, a kivégzés. Hallottunk hasonló esetekről, sőt olyanról is, hogy emberek csak úgy eltűntek. Aztán a keresztnév-változtatás ellenére is „kiküldetésbe" invitáltak bennünket, bevagoníroztak mindkettőnket, meg sem állították a szerelvényeket Németország közepéig, csak ha nagyon muszáj volt. Iszonyatos volt az út. Amikor megállították a vonatot, vagy szenet és vizet tankolt, vagy bombáztak éppen. Olykor bombázás kellős közepébe vonatoztunk.

– Nem tetszett félni? – kérdezte bátortalanul a fiatalasszony. Attól tartott, mély sebeket szakít fel.

– Nem. Ott mászkáltunk a sebesültek meg halottak között, élelmet, használható dolgokat kerestünk a megmaradáshoz, amíg repülők sivítottak felettünk. Nem féltem. Fiatal voltam, friss házas, ott volt a férjem. Nem voltam egyedül. Bizonyosan más is vigyázott ránk – révedezett Katica néni –, sohasem voltunk magunkra hagyatva.

– Ezt hogy tetszik érteni? – kíváncsiskodott Orsi.

– Majd egyszer elmesélem, ha elég befogadó leszel – zárta le a beszélgetést Katica néni.

– Mire nem vagyok elég befogadó? – kérdezte Orsi, aki megbántódott egy kicsit.

– Istenre és a hitre, kislányom – válaszolta nagyon határozottan Katica néni.

– Ja, arra tényleg nem – könnyebbült meg Orsi, aki valami kézzelfoghatóbb jellembeli hibára gondolt inkább. Hogy így lement róla a sértettség, nem is foglalkozott tovább Katica néni Istennel való létével. Úgy gondolta, ez az ő dolga, csak őt hagyja békén ezzel. A kis keresztet még elviseli, de ettől többet nem szeretne. Ebben az időszakban már túl volt a „szemmel verős" félelmén, már megtapasztalta, Katica néni keresztjének nincsenek se fájdalmas, se kellemetlen utóhatásai.

Aztán Orsinak a hazafelé úton ismét csak eszébe jutott a nagyi. Amikor a kisfiát várta és azon gondolkodott, milyen név illene első gyermekéhez, ő azt mondta, mindegy, milyen nevet kap, mert előbb-utóbb hozzánő, és éppen olyan lesz, mint amit a neve egyébként is jelent, még karakterében, személyiségében is felveszi a jegyeket. Hát ebben is igaza lehetett a nagyinak. Azt nem tudta, milyen emberek a Sárák, de ha Katica nénire ránézett, ő pontosan olyan volt, mint egy katica.

Keze, lába rövidke, de mindkettővel gyors. Háta domború, mint a bogárkáké, feje a testéhez képest aránytalanul kicsi, és ha felveszi a napszemüvegét, amit muszájból kell hordania, pontosan úgy néz ki, mint a katicabogár. Jól ismeri a természetet, önállóságra törekszik, és szárnyacskáit bontogatva szabadon szárnyal a széllel. A csápok meg a pöttyök viszont hiányoztak Katica néniről. Jót mosolygott a hasonlaton. Még akkor nem tudhatta, mire megöregszik, azokat is magára ölti majd.

Egy alkalommal, amikor már meleg, családias szövetséget alkottak, Katica néni nagyon félénken fordult Orsihoz.

– Ne vedd sértésnek, de nagy szükségem lenne a segítségedre. Szeretném megkérdezni, lenne-e kedved és lehetőséged besegíteni nekem a nagytakarításba a nyaralóban. Nem bírok már felmászni a magasba. Eljöhetnétek több napra is, ne kelljen az utazás napján azonnal dolgoznod, de másnap meg kellene tisztítani a már régóta porosodó ablakokat. Ha van kedvetek, és jól érzitek magatokat, maradhatnátok tovább is, amíg időtök engedi. Cserébe én ellátom magunkat betevő falattal, és kellemes szobával. Nem derogál ez neked?

– Egyáltalán nem, Katica néni! Megbeszélem otthon – válaszolta Orsi, aki örült a meghívásnak is, a kiruccanásnak is a betonrengetegből, a falusi, jó levegőnek is. Nemsokára elfogadta a meghívást, és bevállalta a takarítást.

A megérkezésük napján mindenki nagyon örült, a fiatalok élvezték a szabadságot, Katica néni pedig hálás volt, mert pár napig nem lesz egyedül. Büszkén mutatta be a házat, a parányi kertet, ami inkább tündérkerthez hasonlított. Mindenféle növény fellelhető volt ott, a veteményeken kívül gyógynövények is. A kerítésen kúszónövények, az ágyások szélein apró virágokat döngicséltek körül a rovarok. Volt egy-két gyümölcsfa is, alattuk az előző évi avarból kialakított sündisznó-menedékkel a hideg téli napokra, az ágain a madáretetőket még most is, a nyár derekán is látogatták az énekesmadarak. A fák terméséből befőttet készít majd Katica néni, meg lekvárt. Mindenről gyorsan megtudtak mindent, amit csak lehetett. Katica néni hosszú percekig mesélt, a fiatalok nem győztek csodálkozni. Megtudták, hogy a gyümölcsből hajdanán jóféle házi pálinkát is főzetett a néni, amíg élt a férje.

– Szeretett volna titeket! – mondta váratlanul és mosolyogva. – A házi pálinkát is nagyon szerette. Kár, hogy olyan hamar elszólította az ég tőlem.

– Beteg volt? – kérdezte bátortalanul Tamás.

– Baleset volt, szörnyű baleset. A vasútnál dolgozott, és egy tolató vonat vezetője nem figyelt hátra. Ő éppen a sínek között babrált valamivel, amikor odaért a vagon. Nem hallotta, nem látta. Így történt. Túléltük a háborút, a bombázásokat, a szörnyűségeket. Hazajöttünk, letelepedtünk, és nem sokkal azután elhagyott.

A fiatalok szívébe szomorúság költözött. Katica néni látta ezt, mindkettőjükbe belekarolt.

– Jó ember volt – sóhajtotta mosolyogva –, és nagyon szerette a házi pálinkát.

Ezzel a fél mondattal fel is oldotta a kesernyés hangulatot.

A jó levegő, a finom vacsora, amit mindannyian készítettek, hamar elfárasztotta a vendéget, főleg a kicsi fiút, aki már nagycsoportos óvodás volt ekkor. A szobájuk frissen volt szellőztetve, az ágynemű keményítetten, ropogósan hívogatta és csábította a fáradtakat.

Orsi elaltatta a fiát, a búcsúpuszinál már hallotta Tamás egyenletes szuszogását. Férje mellé tolakodott, utolsó gondolattal még eltervezte, reggel majd jó korán felkel, meglepi Katica nénit valamilyen reggelivel köszönete és hálája jeléül. Aztán már nem volt külvilág, szinte beleájult a csendbe. Hatalmasat aludtak, Orsi terve nem sikerült. Sem ő nem ébredt korán, sem Katica néni nem volt már otthon. Gombát szedni ment az erdőbe valamikor hajnalban, ezt írta kusza betűkkel egy noteszlapra, amit az asztalon hagyott. Mire Orsi összeszedte a családot, megtálalt a reggelihez, a néni is hazaért. Kis kosarát, melyet hanyagul lóbált a karján, teleszedte különféle gombákkal. Az együtt reggelizés legalább sikerült.

Katica néni korához képest még mindig fürge volt, és nagyon sokat tudott a háztartásról. Pillanatok alatt megmosta, előkészítette a frissen szedett zöldségeket, az estebédhez az egyik felét, szárítani a másikat.

– Nagyon finom lesz ez a gombás hús, csak kell még hozzá bazsalikom, egy kis mentalevél a díszítéshez, pici sáfrány és kakukkfű, és persze egy morzsányi rozmaring – sorolta nagy gyorsasággal Orsi felé fordulva. – Mind ott vannak a kertben. Hoznál nekem?

Az asszonyka, aki már az ablak tisztításához készülődött, hallgatta az öregasszonyt, de közben bizalmatlanul sandított Katica néni frissen gyűjtött gombáira is, amik rendkívül gyanúsan sorakoztak a tepsiben.

– Hát, Katica néni, ha a hús fűszerezéséről van szó, nekem a fokhagymán, a majoránnán kívül más nem igen jut az eszembe. Ezeket mind megveszem a boltban, én ugyan fel nem ismerem egyik növényt sem, amit mondani tetszett. Szívesen kimegyek, hozok is valamit, de hogy mi lesz az, azt nem tudom! – válaszolt mosolyogva Orsi.

– Oktalan gyermek – tette csípőre a kezét az öregasszony. – Úgy látom, ebben nem leszel segítség!

– Valószínűleg nem – nevette el magát Orsi, majd ablaktisztítót kért.

– Ablaktisztító nincs, ecet van. Ha lemostad a kereteket, azzal kell fényesíteni az üveget, nem használunk vegyszereket ott, ahol nem feltétlenül kell. Majd a vizet se löttyintsd az utcára, meglocsoljuk vele a növényeket. Egy kicsit felhígítva az ecet természetes anyag, nem ártalmas a földnek, a vizet pedig nem pazaroljuk.

Orsi kicsit zokon vette a kioktatást, de nem bánta, a jó tanácsokat mindig szívesen fogadta. Az ecetes ablaktisztítás valamicskével lassabban ment, mint az alkoholos ablaktisztítós, a végeredményben azonban nem volt különbség, ezt be kellett látnia. Azért otthon, a munka mellett, amikor eljut az ablakok rendbe tételéig, nem az ecet lesz az elsődleges, otthon nem ér rá ennyit piszmogni.

A hús is, a gombák is a tepsiben várták sorsukat. Orsi titokban két ablakszem lemosása közben sokszor föléjük hajolt, ha Katica néni kiment az udvarra.

– Nem vagytok mérgesek? Biztosan nem? Bolondgomba sincs köztetek? – kérdezgetett halkan a tepsibe, de nem kapott megnyugtató feleletet.

Katica néni a kinti kemencét fűtötte fel, ad az erdő elég apró fát, nem az elektromos sütőben sütötte a vacsorának valót, nem pazarolta erre az áramot. Biztosan százszor kipróbálta már, mert bátran hagyta magára a tepsit. Kannákat vett a kezébe, és kérte Orsit, kísérje el, a közelben van egy patak, onnan hoznak majd friss forrásvizet.

A néni adott feladatot Tamásnak is, amíg ők távol vannak, ne érezze magát feleslegesnek. A közeli tisztáson gyűjtsön rőzsét, ezzel a feladattal egyedül megbirkózott, és a kicsi fiút maga mellett tarthatta. A fiatalok szívesen igent mondtak, a férfiak fát gyűjtögetni indultak, a lányok pedig, több kannával felszerelkezve vízért.

Katica néni mindenbe bele tudta, vagy bele akarta varázsolni a hitét, még egy hétköznapi sétába is. Míg tartott az út, az erdőről mesélt rengeteget, mennyivel másabb volt, amíg ő fiatalabb volt. „Élőbb", igen „élőbb", ezt mondta. Aztán a természetről, az élőlények egymásra utaltságáról, majd a megújulásáról beszélt, és arról is, hogy a világban minden van valamiért, fölösleges dolog, fölösleges esemény nincsen. A teremtést istenítette, csodálta és áldotta, közben kérdezgette és noszogatta Orsit, mert szerette volna, ha a fiatalasszony valamivel lelkesebben éli meg az ő rajongását. Orsi nem volt lelkes a teremtéstől, neki más volt a meggyőződése, de ebben a szép, délutáni órában nem akart előhozakodni vele. Katica néni elfáradhatott, mert egyszerre csak nem mesélt tovább. Orsi számára szokatlan, mélységes csend borult rájuk, és ő nagyon élvezte ezt az egészet. Kikapcsolta idegsejtjeit, révedezett, áthaladt rajta a múló idő, s már majdnem közel volt saját lelkéhez, amikor Katica néni hangja felriasztotta.

– Itt a kút, itt megtöltjük a kannákat. Ha kész, itt hagyjuk, majd visszajövünk értük. Van itt nem messze egy Mária-kegyhely, menjünk el oda. Légy szíves, még oda gyere el velem, szeretnék elmondani egy imát az egészségünkért, a családunkért.

– Katica néni, szívesen elkísérem, de imádkozni nem fogok – válaszolta Orsi, s közben a kemencében hagyott húsra gondolt, meg arra, valószínűleg hideget esznek ma este.

– Csak tarts velem! – kérte az öregasszony.

A kegyhelyen valóban imádkozott. Mélyen, elmerülten. Orsi téblábolt, köröket sétált, rugdosta az avart, különös alakú kavicsokat keresett Dávidnak, majd lassan unni kezdte magát. Katica néni rendíthetetlenül, térdepelve imádkozott.

Orsi távolabb ment tőle, hátat fordított az imádkozó asszonynak, tölcsért formált a kezéből, szája elé emelte, szótagolva besuttogta az erő felé:

– Most már biz-to-san szén-né ég a hús! Tel-je-sen szén-né!

Tudta, hogy most szemtelen, de valamivel szórakoztatnia kellett magát.

Végre valahára mocorgást hallott a háta mögül, visszafordult. Katica néni végzett az imával. Orsi a kezét nyújtotta, felsegítette.

– Hát, ez jó sokáig tartott – szólt, miközben emelte Katica nénit.

– A rózsafüzér hosszú ima – magyarázta –, Máriához szól. Megpróbálhattad volna.

– Majd. Talán. Legközelebb – nyugtatta Orsi. Mindketten tudták, egyhamar nem fogja megtenni.

A vízzel telt kannák elég nehezek voltak, szaporázták hát lépteiket. Hamar fel is tűnt a kis ház, előtte vidáman labdáztak a fiúk. Orsiban felmerült a gyanú, mintha nem ezen az úton mentek volna oda, mintha Katica néni direkt vezette volna odafelé egy hosszabbik úton. Meg akarta tudni, de kérdései elvesztek a terítésben, a vacsorához való készülődésben és kicsi fia büszke beszámolójában, hogyan szedte a rőzsét a sűrű és nagyon sötét erdőben, ami rettenetesen félelmetes volt. Orsi mosolygott, de a kisfiú mondókáját komolyan vette, még így is, valamelyik mesébe szőve.

A hús éppen olyan volt, amilyennek lennie kellett. Katica néni csodáihoz ez is hozzátartozott.

A gombák miatt Orsi még mindig nyugtalan volt, de nem kerülhette ki azokat, meg kellett kóstolnia. Amikor este egyedül maradtak a férjével, a szobában csendesen szólt:

– Te tudod, mi a „rózsafüzér ima"?

– Máriához szól, hozzá imádkoznak. Emlékszem, nagyanyám meg néhány szomszédasszony, amikor ott nyaraltam, minden este elmondták. Sok ima volt, sokáig tartott. Kezükbe vették az olvasót, azon számolták, hol tartanak, el ne tévesszék.

– Láttam már Katica néninél otthon. Van az ágya fölötti polcon, az imakönyv mellett egy lánc, kis gömbökből áll, arról beszélsz? Nem gondoltam, hogy ahhoz ima is tartozik.

– Az az – biztosította Tamás –, jól gondolod.

– Akkor most én is mondok egy fohászt. Mária, ha vagy az égben, segíts nekünk túlélni Katica néni gombavacsoráját!

– Csak nem beteg vagy? – nézett rá kikerekedett szemmel, értetlenül Tamás.

– Na, csak figyelj! – nyomott huncutul egy puszit férje homlokára. – Az erdőből hozott friss gombákban és Katica néni kiválasztó tudományában sem hiszek biztosan. Én ugyan megkérdeztem a gomboktól, mérgesek-e, de nem mondtak semmit, jelet sem adtak! Nos. Ha mi most meg vagyunk mérgezve, nem fognak tudni segíteni rajtunk a mi materialistáink, az biztos! Ahhoz igazi égi csoda kell! Én nemrégen ott voltam Katica nénivel imádkozni. A gesztus meg az iménti fohász csak segít rajtunk.

Mosolyogva, kuncogva aludtak el, remélték, a szomszéd szobában nem hallotta őket a néni. Másnap, amikor már nyilvánvaló volt a túlélésük a gombák ügyében, és hazafelé utaztak, arról beszélgettek a fiatalok, Katica néni mennyire közel áll a természethez. Annyira közel, amennyire ők sohasem lesznek. A fiatalasszony elmesélte férjének, milyen új praktikákat tanult, Tamás is szívesen hallgatta ezeket.

– Képzeld, elmeséltem neki, amíg az ablakot mostam, mennyi vegyszert használtam el a múltkor, amikor a hangyák elárasztották a lakást. És tudod, mit mondott?

– Nem tudom, nincs is ötletem – válaszolta a férfi.

– Azt mondta, kár volt a vegyszerrel kínlódnom, sok kárt okoztam, ráadásul megöltem egy csomó rovart. Szerinte elég lett volna kitennem néhány gerezd fokhagymát vagy sütőport is szórhattam volna a fal mellé, és a hangyák maguktól is elmasíroztak volna, nem pusztultak volna el. Úgy sajnálta őket! Na, mit szólsz? Én napokig kínlódtam azzal a szerrel, és szétvetett az ideg, Katica néni meg csípőből megoldotta volna, eltanácsolva őket másfelé. Ja! Meg valami olyasmit is mondott, ők ugyanúgy, mint mi, a természet részei, Isten szülöttei, így biztosan van hasznuk – fejezte be mondanivalóját Orsi.

– Értem – mondta a férfi.

– Hát én annyira nem – érvelt az asszony. – Vannak hasznos és haszontalan dolgok még a természetben is. Szerintem. A hangya az én szempontomból nem hasznos, főleg akkor nem, ha a konyhaszekrényben találom.

Ennyiben maradtak.

A nagytakarítás a nyaralóban nem annyira, de Katica néni lakásában rendszeressé vált. Orsinak egyre több mindent el kellett látnia a kérésére. Katica néni fölött gyorsan haladt az idő. Míg dolgoztak, mélyebben beszélgettek, a fiatalasszony már egészen a szívébe fogadta ezt az asszonyt, aki minden lelki dologban a segítségére volt. Ha Orsi sorsában elakadás, nehézség következett, hozzá fordult. A néni meghallgatta, megsimogatta, megvigasztalta, megértette, türelmesen, elnézőn.

- Hányszor kell még ugyanazt végigélnem? Tessék mondani, hányszor kell még megbocsájtani neki - zokogta több alkalommal is Katica néninek. - Megaláz, tönkretesz, félelmeim vannak miatta.

Ilyenkor általában apjával való kapcsolata volt a probléma, melynek gyökerei igen mélyre hatoltak, és Katica néni már jól ismert minden apró részletet.

- Hetvenhétszer - szólt csendesen az öregasszony. - Krisztus Urunk mondta, benne van a Bibliában. Hetvenhétszer. És még hetvenhétszer.

- Nahát, ez nem fog menni! Rendesen még egyszer sem! - csikorgatta a fogát Orsi, és ki tudja hányadszor már, újra csak elmesélte gyötrelmeit Katica néninek. Mindig haragosan, feldúltan, görcsösen, csak észből, sohasem ért el a szívéig a fájdalom. Talán ezért is tartott olyan rég óta.

Máskor a munkatársaival bajlódott. Nehezen tűrte, ha szemrehányást vagy kritikát kapott. Ilyenkor megmagyarázta a részleteket, addig csavarta, tekerte, amíg ki nem derült, ő nem tehet semmiről, ő makulátlan, ő ártatlan. Ha nem volt bűnös munkatárs, volt bűnös körülmény. Amikor felháborodva elmesélte az eseményeket, Katica néni ennyit mondott, amin aztán Orsi jó sokat gondolkodott:

- Értelek én, de te is értsd meg. A jó emberek minden számukra rossz helyzetben mindig magukat feszítik először a keresztre, aztán a másikat. Mindig arra gondolj először, te miben voltál vétkes, és ha megtaláltad, vállald fel! Kérj bocsánatot, és meglátod, megkönnyebbülsz. Másnap ugyanúgy felkel majd a Nap.

Orsi tudta, annyira már ismerte Katica nénit, hogy a „jó emberek" helyett „jó keresztényeket" mondott volna legszívesebben. A „vállald fel" az ő gondolatában pedig annyit jelentett, „tedd Krisztus Urunk keresztjéhez, ő megbocsájtja".

A fiatalasszony azonban makacs volt, merev és kitartó. Eszében sem volt Katica néni vallásos gondolatait magáévá tenni. „Ha kézzelfogható, ésszerű megoldása nincsen, a hitét tartsa csak meg magának" - gondolta ilyenkor a fiatalasszony.

Megtörtént a hosszú évek alatt, hogy Orsi és Katica néni huzamosabb ideig nem voltak egymás közelében. Ilyenkor képzeletbeli rádióhullámokon keresztül társalogtak. Orsi, ha baja akadt, mindig tudta, mit gondolna, mit mondana, mit tenne, ha itt lenne öreg barátnője. A megoldásokat is megérezte. Katica néni küldte a módszereket, így is volt hatalma segíteni. Megbeszéltek mindent, ami történt velük. Annak ellenére, hogy Katica néninek nem született gyermeke, okos tanácsokat adott a kamaszodó fiú szembenállásával kapcsolatos problémákban, olykor a házastársi csetepaté feloldásában is. Véleményt cseréltek könyvekről, filmekről, divatirányzatokról, szépségmegtartási praktikákról. Ha kifogytak a témából, megértő csendben ültek egymás mellett, az is jólesett mindkettőjüknek.

Csak egy dologban nem értettek egyet. Orsi az egész életét materialista, Katica néni pedig idealista alapra helyezte. Az idős asszony szerette volna, ha Orsi megváltoztatja szemléletét, véleményét, és ezzel saját magát. Ez volt a célja hosszú évek óta.

Orsi, aki mélyen meg volt győződve a saját igazságáról, kemény acél módjára hajolt ugyan egy kicsit, de mindig visszaegyenesedett. Nem lehetett megtörni. Ráadásul nem is értette, mit akart ezzel Katica néni. Mondta is neki sokszor:

– Én nem értem, miért akarja olyan nagyon a változásomat! Olyan jól elvagyok így magamnak!

– Dehogyis vagy jól! Folyton bánatos vagy, folyton fáradt, hajókötelek kötnek mindenféle földi dolgokhoz. Sokkal szabadabb lennél, ha elengednéd a világi csábításokat, és engednéd magadba áramlani a szellemiséget, ha felajánlanád magad! Akkor lennél jól!

– Nem értem – szólt Orsi.

– Sajnos – sóhajtotta az öregasszony.

Egyszer, egy karácsony előtt arról folyt a párbeszéd, milyen szép neve van Orsi kisfiának. Katica néni arról mesélt, Jézus is Dávid király házából való, és szerinte nem véletlen, hogy éppen azt a nevet kapta a gyermek.

– Tőlem és az apjától – nevetett Orsi. Ezzel láthatóan belemart Katica néni lelkébe.

- Nem is tudod, miről beszélsz! - szólt halkan az öregasszony.
- Már hogyne tudnám! Ne tessék már haragudni, de tetszik tudni, mi nem hisszük azt, amit Katica néni. Ha már újra itt tartunk, tessék már elmesélni nekem, hogyan van az, ha van Isten, és ő szeret bennünket állítólag, miért van ennyi szörnyűség, félelem, tragédia, betegség? Miért engedi meg, ha szeret, miért nem bünteti meg a bűnösöket, miért engedi a háborúkat, miért kellett annyi embernek meghalnia Isten nevében? Én azt gondolom, vannak dolgok, amiket nem tudunk megérteni, ezért kell a misztikum, de hol van az Isten a mi mindennapjainkban? - provokálta kérdéseivel Orsi az öregasszonyt.

Katica néni hallgatott. Láthatóan azon töprengett, miként magyarázza el ennek a két földhözragadt fenekű, megátalkodott hitetlennek, milyen alapokon, milyen téziseken alapszik az ő hite, milyen az a határtalan szeretet, amit Jézus hozott.

Aztán nagy levegőt vett, belevágott a mondandójába. Beszélt az emberek korlátlan szabadságáról, amit Istentől kaptak, a választások lehetőségéről, amit az emberekre hagyott. Beszélt arról, hogy a rossz dolgok az emberektől jönnek, mert mindenki előtt vannak alternatívák, tőlük függ, mit tesznek. Arról mesélt, Krisztus kereszthalála elhozta nekünk a megváltást, mert Isten azt akarja, hogy minden ember üdvözüljön, és bűneiket megbánva lelkük egy igazabb, boldogabb szférában létezzen itt a földi életben és majd haláluk után is.

Szólt arról, hogy a testünket csak kölcsön kaptuk, a lélek sokkal fontosabb, és hogy kereszt nélkül nincs üdvösség.

Szerette volna még azt is megmagyarázni, mekkora hatalma van az imának és a végtelen szeretetnek, amit Jézus tanított, de nagyon elfáradt, a végén kicsit össze is zavarodott. A fiatalok ugyan észre nem vették volna, de Katica néni elnézést kért az összekevert dolgok miatt, és kérte, most ne beszélgessenek erről többet. Talán majd legközelebb.

Búcsúzáskor mindketten megkapták a kis keresztet a homlokukra.

- Te értetted? - kérdezte Orsi a férjétől.
- A negyedét körülbelül - válaszolt Tamás. - És te?

- Én egy kicsivel többet - karolt a férjébe Orsi. És valóban megértett valamit. Még nem tudta megfogalmazni magának sem, hogy mit, de ez a valami kíváncsivá tette, és elhatározta, nyitottabban áll majd Katica néni dolgaihoz, egyelőre úgy, hogy ne vegye észre, aztán majd kiderül, melyikük igazsága az erősebb.

A fiatalasszony olvasni kezdett. Azok mellé, amiket már Katica nénitől tudott. Előszedte a régi könyveket, amiből még a nagyi tanult, az imakönyvét, a Bibliát. Beásta magát a történelembe, a hittudományokba, hagyta átáramolni magán mindazt, amit kikutatott. Lassan megértett történeteket, összefüggéseket, szívét ellágyította egy-egy rész, amit a Bibliában olvasott, de még mindig nem értette, miért gondolja Katica néni, hogy ez jobb lenne Orsinak, mint a saját meggyőződése. Mit akarhatott elérni?

A következő karácsonyon Orsi eltervezte, hogy elmeséli Katica néninek, mi mindenre jutott már olvasmányai során, és hol tart a megértésben. Ez lett volna a karácsonyi ajándéka. Tudta, ettől nagyobb boldogságot semmi mással nem bírt volna okozni az idős asszonynak.

Zúzmarás, csikorgató hidegben vitték Katica nénit a templomba. A hideg miatt Tamás nem maradhatott az autóban, annál is inkább, mert lázas beteg volt éppen, valamilyen vírus leteperte a lábáról. Ő is bement hát a templomba. Hátul állt meg, nem ült a lányokkal a padokba. Hazafelé aztán hármasban kibeszélték, mi történt a mise alatt, ki mit csinált, mert azt Tamás jól megfigyelte. Azt is, mit prédikált a pap, miről beszélt.

Bekísérték Katica nénit a házba. Tamás méltatlankodva árulta el, mennyire nem tetszik neki általában az a hódolat és alázat, ahogyan az embereknek letérdelnek a szertartás alatt.

- Hát, én biztosan nem térdelnék le senki előtt. Magyar ember se nem hajol, se nem térdel - bizonygatta -, nincs az a pénz!
- Pedig az olyan szép! - villanyozódott fel Katica néni. - Az igazán szép! No, és aztán a régi magyarok térdeltek csak igazán Urunk meg a kereszt előtt. Tudnod kéne! Ők sokkal jobban el-

fogadták, gazdag és szegény egyformán. Az volt az igazi hódolat! Le is térdeltek, mert hittek a nagyobb hatalomban, aki nem ember, vagyis nem csak ember!

Orsi, aki idáig csak hallgatott, most érdeklődve emelte fel a fejét. Mi az, hogy nem csak ember? Hogyhogy nem csak ember? Már megint miről beszél ez az asszony? Orsi elméjében egy pillanat alatt összecsuklott a szándék, mármint az örömet szerzés szándéka Katica néni felé. Egy világ tört apró szilánkokra benne, éppen most, amikor arról akart beszélgetni, hogy ő már mindent megértett. Hát semmit sem értett meg! Ez eddig elkerülte a figyelmét, pedig már annyit olvasott. Míg mélázott és az összezavarodott szálakat próbálta bogozni magában, Tamás hangját hallotta.

– Lehet, hogy Katica néni így látja, de én sokkal büszkébb vagyok ettől – replikázott. Talán a betegsége miatt bocsátkozott a vitába, mert másképp nem tette volna.

– Reménytelen és lehetetlen emberek vagytok – csattant fel az öregasszony. – Nem is értem, mit veszkődöm veletek! Maradjon a suszter a kaptafánál. Ebben a dologban nem vagyok hajlandó tovább vitázni veletek! Slussz, passz! Végeztem!

Tamás megszeppent kicsit, nem akart ő rosszat, az ünnepet sem akarta elrontani, csak elmondta a magáét. Katica néni hirtelen reakciójára nem számított, váratlanul érte, és mert eddig is rosszul érezte magát testileg, most meg már lelkileg is, kézen fogta feleségét, és illedelmesen elköszönt mindkettőjük nevében. Orsi még mindig saját gondolatai körül forgott, szinte észre sem vette a történteket. Akkor észlelt, amikor már kinn álltak a hideg előszobában, Katica néni kikísérte őket. Fáradt volt és bántódott, sütött róla a magány utáni vágyakozás.

Hazafelé úton Orsi szólalt meg hamarébb.

– Megbántottad az érzéseit?

– Meg – válaszolta kurtán a férje –, de majd megbékél.

Megvonta a vállát, és látszólag nem foglalkoztatta tovább a dolog.

A kocsiajtót a szokásosnál durvábban csapta be.

Talán ekkor kezdődött. Ez volt az a nagy csalódás, amikor Katica néni végleg feladta az átnevelésükbe fektetett erőfeszítéseit. Erre gondolt Orsi, amikor újabb plédbe burkolózva kilépett az erkélyajtón. A reggel friss levegővel érkezett az éjszakai eső után, párás hideg csípte a fák még megmaradt koronáját. Néhány helyen, ahová nem jutott el a szél, aprócska, jégnek készülő homályfoltok tarkították a betonjárdát. A lakótelepen, ahol egyébként is kevés volt a természet, a szomorúság, az elmúlás, a szürkeség honolt ebben a hónapban. Orsi az erkélyen állt, ott találta meg a felkelő Nap első sugara. Hirtelen bukkant ki a felhők mögül, váratlanul, mint egy kilőtt nyílvessző, egy pillanatra össze is húzta az asszony szembogarát.

Nem ez volt az első éjszaka, amit átkínlódott, hol a családja, hol a gyerekei, hol éppen Katica néni miatt az utóbbi időben. Tamás, aki a mocorgásra ébredt és hiába kereste feleségét maga mellett, már nem csodálkozott. Elfogadta a sötétségben viaskodó feleségének minden baját, csak szkeptikusan megjegyezte újra és újra; „valószínűleg telik a Hold". Egyszerre édes kávéillat vonta el az asszony figyelmét. Ebből megértette: a férje is felébredt. Meg is jelent nemsokára, lassan, komótosan, öregecskén hozta feleségének a frissen főzött ébresztő italt.

– Köszi, de bemegyek. Hideg van idekinn – fordult férje felé az asszony, majd megkérdezte.

– Szerinted én úrinő vagyok?

– Úrinő? – biggyesztette ajkát a férfi. – Ma már nincsenek úrinők. Miért kérded?

– Katica néni mondta nekem nemrég. Azt mondta, úrinő vagyok, vagy azt akarok játszani, annak látszani, nem tudtam eldönteni, mert elborult az agyam.

– Ne törődj vele. Vele harcoltál az éjjel? – kérdezte a férfi kíváncsian.

– Ja. Azóta nem tudok neki megbocsájtani, amióta ezt mondta. Ő, aki nem dolgozott soha életében, megtehette, hogy eltartsa a férje, aztán meg az özvegyi nyugdíja, nem nevelt gyereket, ő mondta nekem, hogy úrinő vagyok – emelte a hangját az asszony, közben hevesen gesztikulált.

- Mit feleltél? - érdeklődött Tamás megnyugtatásképpen. Ismerte a feleségét, ha kibeszélheti a baját, megnyugszik.
- Nagyon fájt. El sem tudom mondani, mennyire. Meséltem neki magamról, vagy inkább csak összefoglaltam, mert tudja ő mindezt pontosan. Felsoroltam, nehogy kifelejtsen valamit: több mint húsz éve dolgozom az egészségügyben, ahol minden ember által létrehozható mocskság, testi és lelki egyaránt megfordul, és olykor térdig gázoltam benne, azt mind-mind én takarítottam el, ha úgy hozta a sora. Amikor megkaptuk a lakást, meg tanult a fiunk, takarítást vállaltam olyan, hozzá hasonló korú asszonyoknál, akik nem voltak hajlandók, vagy nem volt képességük arra, hogy kimossák a házukat, a lakásukat, netán az ágyukat a retekből. Mindemellett kigányoltam a családot, felneveltem a gyerekemet, ápoltam a szüleimet. Mindennek gondoltam addig magam, csak úri asszonynak nem. Mígnem Katica néni felnyitotta a szemem meg a látásom.
- Mit szólt erre? - kérdezett most igazán kíváncsian Tamás, mert a néni újabb dolgai neki sem tetszettek már, féltette is feleségét a nagy feszültségtől.
- Megkérdeztem tőle, ezek után tényleg úgy gondolja-e, én vagyok az úrinő, vagy valaki más. Elmondom neked, nem vártam meg a válaszát. Otthagytam. Kiskereszt nélkül.

Orsi kicsit csendben maradt, de Tamás tudta, ez nem az a csend, amikor válaszra vár, amikor ő megszólalhat. Ez csak az erőgyűjtés, a gondolat összeszedésének csendje, az éjszaka átrágott történések összegzésének, végeredményének a csendje. Nem szólt hát. Kisvártatva folytatta is a felesége, pont úgy, ahogy Tamás gondolta.

- Azért tudod, ez is olyan rettenetes. Olyan utolsónak érzem magam, ha a hite szóba kerül. Hiába próbálja megértetni velem, hiába akarom megsejteni, azt érezni, amit ő érez, nem megy. Katica néni ezt mondja, én meg amazt érzem, értem és tudom. Mit tegyek? Miért vagyok én kevesebb az én hitemmel, mint ő az övével?
- Ne idegesítsd magad! Ne rágd magad ezen! - csitította a férfi.

– Úgy érzem magam mellette olykor én, aki ellátom, én, aki kimosom a piszokból, mintha istállóban nőttem volna fel. Átnéz rajtam, mert nem értem, nem érzem, amit ő tud. Nem számít, mit teszek, az számít, mit hiszek. Te tudod a legjobban, menynyire igyekeztem felnőni hozzá, követni őt, mi mindent elkövettem azért, hogy képben legyek mellette.
– Látod, ez is azt mutatja, hogy Katica néni már nem logikus. Azt mondja, te vagy úriasszony, közben pedig lenéz.
– Egyik nem zárja ki a másikat – kortyolt a kávéjába Orsi –, és ez több mint megalázó.

Tamás együtt érző pillantással elvonult, a szobában pakolászott, Orsi pedig elmerült az önsajnálatban. Az elmúlt éveken gondolkodott, azon is többek között, mi mindent kellett lenyelnie és tennie azért, hogy Katica néni hitével összefüggő dolgokkal, eseményekkel tisztában legyen. Tanította az élet is, nem csomagolta puha párnák közé, de az évek során sorban felidézte gyermekkora imáit, előkotorta a padlásról a régi imakönyveket, amiket ezer éve kapott, megkereste, mi a „rózsafüzér ima", tudta már, mikor miért állnak fel és térdepelnek az emberek a misén. Ha nem értett valamit, amit Katica néni a szemére hányt, fölbuzogott büszkeséggel még aznap este elővette a dédi által ráhagyott Bibliát, és kereste a válaszokat. Saját életére is, Katica néni mondataira is. Büszke volt magára akkor is, ha az öregasszony bántotta. Majd egyszer megmondja, odadörgöl mindent, ami bántja, és kidüllesztett mellel fogja vizsgáztatni Katica nénit, ha eljön az ideje! Majd ő megmutatja egyszer! Most viszont még nem érti, mit akar az öregasszony.

Katica néni semmit sem tudott a fiatalasszony erőfeszítéseiről, mert nem mondta el neki. Dacból is, haragból is, attól való félelmében is, hogy kicsúfolja, kigúnyolja őt, ha megtudja. Orsi meg akart felelni Katica néninek, ez hajtotta és fűtötte. Mégis minden jóakarata a visszájára fordult. Szégyellte is magát, mert hirtelen, indulatos, olykor mániákusan akaratos természetéből adódóan később sem tudta kivédeni a vitákat. Hiányzott belőle az alázat, a szerénység, a visszafogottság, a veszíteni tudás, az elengedés. Hiába tudta ő, mit kellene tennie, nem volt képes

rá. Katica néni pedig, aki mindenáron szelídíteni akarta, újra és újra kihozta a sodrából.
Orsi nem hajolt, ahogyan Tamás sem térdelt. Egyikük sem értette Katica nénit.

Megérkezett és szépen, feszültségtől mentesen elmúlt a karácsony. A nénit már nagyon nehezen, botorkálva, minden erejének kihasználásával vitték a templomba, ahogyan kérte. Imádkozott, egy parányit felfrissült, de már nem volt légies, már nem volt átszellemült. A házaspár úgy látta, mintha búcsúzna. Kifelé jövet az ajtóból többször is visszanézett, az autóban többször hátrafordult, mindent magába akart zárni, mindent átölelt a tekintetével.

Néhány nap múlva azonban, ahogyan múlt az ünnepek varázsa, magához tért, illetve a régi énjéhez. Csak vallási dolgokról nem beszélt. Katica néni számára már nem volt fontos. Úgy tűnt, mindent elrendezett. Talán belenyugodott, hogy Orsi és Tamás két reménytelen eset, ahogyan akkor régen mondta. Ha Orsi véletlenül vagy készakarva szeretett is volna a hitről beszélgetni, kitért előle, nem magyarázott, nem mesélt, mint régen. Az öregasszonyt saját jövendője, sorsa érdekelte csak. Sokat beszélt a halálról, miközben újabb és újabb feladatokat osztott a házaspárnak, amiket még most el kell intézniük, mert később nem lesz idejük rá. Katica néni sorozatosan megbántotta Orsit, aki emiatt morcos volt, lelkét kínozta, mennyire elmérgesedett a kapcsolatuk. Folyamatosan próbára tették egymás tűrőképességét, Orsi már egészen a végén járt.

– Nem bánom, hogy öreg, nem bánom, hogy beteg, ezért még nem kellene egyre-másra macerálnia. Folyton szekál, folyton nevel. Olyan dolgokat fog rám és mond rólam, amik egyszerűen agyrémek! Mintha direkt fel akarna piszkálni bennem valamit! Vagy emlékeztetni akarna valamire! Vagy csak el akart érni valamit, és csalódott, mert nem sikerült? Tamás, mondj már valamit, mert olyat teszek, amit magam is megbánok! Nem megyek többé! – kiabált hisztérikusan minden látogatás után Orsi.

A férje megértő, ölelő karjaiban aztán mindig megnyugodott, új erőre kapott, újabb páncélba bújt, és kővé változtatta a szívét a következő látogatásra. Egy pillanatra sem jutott eszébe, hogy álláspontjából kimozduljon, esetleg a hozzáállásán változtasson. Mire megérkezett a tavasz, Katica néni ágynak esett. Erőtlen lett, gyenge, semmiben sem tudott részt venni már, ami az ő élete volt. Orsiékra egyre több súly nehezedett, Katica néni egyre türelmetlenebb, elégedetlenebb volt.

– Szeretném, ha itt maradnátok pár napig – mondta egyik alkalommal Orsinak.

– Értem én, Katica néni, de nem tudom megtenni – szabódott Orsi, aki a szíve mélyéig megbántott volt az elmúlt nehéz hónapok miatt. – Mindkettőnknek dolgoznia kell, nem kapunk most szabadságot.

Azt az arcot, amit akkor Orsi látott, sohasem fogja elfelejteni. Katica néni viaszsárga bőre lángba borult, erőtlen kezét ökölbe zárta, ezzel összehúzta az ágyneműt. Fel akart ülni, utolsó erejével, talán ütni is tudott volna, annyira mérges lett.

– Inkább ne értenéd és csinálnád! Nem értesz te amúgy se semmit! – zihálta, és szúrta bele Orsiba a kést ismét az öregasszony.

Orsival megfordult a szoba. Miért haragszik ennyire ez az asszony? Elfogadhatatlan volt számára, hogy itt fekszik előtte, felülni sincs ereje, és még ilyen kiszolgáltatottan is őt bántja. Szégyellte is magát, mert Katica néninek valahol igaza volt. Ő nagyított, amikor arról beszélt, nem lehet itt. Nem akart ott lenni. Az utóbbi hónapok gyötrelme, alaptalan vádaskodásai mély sebeket ejtettek benne, annak ellenére, hogy ők mindig tisztességgel fordultak Katica nénihez. Talán ez volt az utolsó nyilallás, amit még képes volt méltósággal elviselni, és úgy gondolta, nincs tovább. Végképp el kell varrnia a szálakat, amik szakadoznak. Így lesz a legjobb mindkettőjüknek.

Csendesen sírt, dühös is volt, nem mérlegelt. Másnap elintézett Katica néninek egy gondozónőt, aki naponta kétszer meglátogatta, elvégezte a körülötte való teendőket, mellette rendszeresen értesítette Orsit az öregasszony állapotáról. Orsi, ha messzebbről is, de kísérte az állapotát. Távolról aggódott, távolról szeretett, mert közelről képtelen volt.

Azon az utolsó napon a gondozónő telefonált Orsi munkahelyére.

– Nagyon rosszul volt Katica néni délelőtt, kihívtam hozzá a háziorvost. Kapott egy injekciót, amitől elaludt. Most is alszik, szépen, nyugodtan lélegzik. Szerintem nincs neki már sok ideje ebből a világból – hallotta ki a telefonból az asszony.

– Köszönöm szépen. Megyek, megnézem! – sóhajtotta Orsi.

Amikor odaértek a férjével, Katica néni még aludt. Az alvása már nem volt nyugodt, olykor kinyitotta a szemét, távolba nézett, de nem a házaspárra. Attól sokkal messzebb. Orsi észrevette, hogy búcsúzik. Az otthonától, a szobájától, a kis szentélytől, ahol imádkozni szokott.

Orsi megfogta a kezét, óvatosan megsimogatta, mire az öregasszony kicsit begörbítette göcsörtös ujjait, jelezvén, hogy észrevette őket.

– Mi vagyunk itt, Katica néni! Itt vagyunk, tessék nyugodtan pihenni, itt maradunk.

Katica néni haloványan mosolygott, zihálva szedte a levegőt, és visszazuhant az ittlét és az elmenetel keskeny határára.

Orsi csendesen, kegyelettel pakolt össze a haldokló asszony körül, vizes zsebkendővel folyamatosan leitatta arcáról a kín izzadtságcseppjeit. Egy ideig látta, hogy jól esik, majd azt is észrevette, amikor már rosszul érintette Katica nénit. Nem erőltette hát.

A kora tavaszi napsugár lebukott a felhők felett, mielőtt azonban végleg elhagyta volna a horizontot, besütött a résnyi helyen, ami az összehúzott sötétítőfüggönyök között maradt. Megvilágította Katica néni ágyát, vöröses fény játszott a paplanon, a párnák csücskein, Katica néni ritkás, ősz haján, viaszszínű arcán, vézna ujjain, hosszúkás, szép formájú körmén.

Szép volt ebben a fényben. Szép és békés. Csak ziháló lélegzete jelezte, itt van még, de nemsokára visszatér Teremtőjéhez, akit olyan nagyon, olyan mélyen szeretett. Késő este még egy kicsit magához tért, de már nem mondott semmit. Amit mondani akart, már régen elmondta a házaspárnak, főleg az asszonynak. Nem volt már mondanivalója. Hármasban maradtak a késő éjszakában, és egyszerre csak kettesben, mert Katica néni nem lélegzett többé.

Orsi szeméből csorogtak a könnyek. Eszébe jutott minden szép, együtt töltött óra, a sok jó tanács, a szeretet, amit Katica nénitől kapott. Úgy siratta, mintha az anyja lett volna, mert hát az is volt. Mire a halottszállítók megérkeztek, Katica nénit Orsi felkészítette az utolsó útra. Tudta, mennyire szeretett csinos lenni, legszebb ruhájába öltöztette hát, kezét összekulcsolta a mellkasa felett, mintha most is imádkozna.

Amikor a lépcsőhöz ért a menet, az asszonyban újabb zokogás tört fel. S ahogyan haladtak az autóig, mint száraz szirmokat a szél, úgy hordta el egyenként, darabonként Orsi jól felépített vasbeton akaratát minden lépés, amit megtettek. Lefoszlott róla minden harag és bánat, amit összegyűjtött, és amivel nem tudott mit kezdeni. Vitte a szél minden makacsságát és büszkeségét, minden hiúságát. Lefeslett róla minden előítélet, összedőlt minden korlát, lehámlott minden ellenállás és értetlenség. Minden lépés egy elengedéssé vált, s mire a koporsó az autóba került, az asszony ott állt pőrén, csupaszon, könnyáztatott arccal.

Orsi bensőjét rázta a hideg, már az ájulás kerülgette, amikor a homlokát megérintette valami nyugtató, valami édes melegség, először hosszában, majd keresztben. Tisztán érezte Katica néni meleg kezét, amivel a keresztet rajzolta.

– Értem már, Katica néni, értem már – hallotta saját, motyogó hangját Orsi. – Mindent értek. Tudom és tudtam is, mit szeretett volna olyan nagyon! Ne tessék haragudni, amiért olyan konokul elhallgattam. Sajnálom!

– Szóltál? – kérdezte csendben Tamás.

– Nem, nem, nincs semmi bajom – csendesedett az asszony. – Szerinted hallott még engem?

– Biztosan – simogatta meg felesége kezét Tamás.

A temetésen csak a házaspár állt a szertartásra várva, ketten kísérték Katica nénit az utolsó útra. Katica néni így rendelkezett, és Orsi tiszteletben tartotta az akaratát.

Minden évben mindketten elmennek a szentmisére, amit Katica néni lelki üdvéért mondatnak. Kicsit a hálájuk jeléül, kicsit lelkük nyugalmáért, de leginkább a tiszteletüket kifejezni Katica néni állhatatos, előkészítő, útba igazgató szeretete előtt. Katica néni beteljesítette világi feladatát. Értővé, érzővé tette Orsit, megtörte akaratos természetét, és magával vitte sok rossz tulajdonságát. Kitakarította őt, helyet készített másféle dolgoknak, amik majd megérkeznek. Hosszú éveken át, állhatatosan, kitartóan törte a sziklás, kőkemény alapot, hogy a természethez és Istenhez közel álló, befogadó termőtalaj lehessen.

Orsi ott a templomban, a szentmise előtt térdet hajt, és minden alkalommal elmondja öreg barátnőjének azt, amit az utolsó percben is elhallgatott előle: Mária közbenjárásával, Jézus segítségével Katica néni mégiscsak győzött.

A legigazibb karácsony

Hárman ácsorogtak a baleseti ambulancia folyosóján. Egy középkorú, fáradt arcú asszony, szemeiben látható aggódással, magába roskadtan. Mellette egy fiatal lány sápadtan, fájdalmasan, feldúltan. A férfi, aki velük volt, megtört arcvonásai miatt kicsit idősebbnek látszott. Jól láthatóan ingerült volt. Várakoztak. Hosszú percek teltek el már a röntgenfelvétel óta, ami kiderítheti, hogy a lány válla, ami láthatóan igen csúnya külsőt mutatott, eltörött, vagy sem. Az asszony agyában egymást kergették a gondolatok. Pár órával ezelőtt örömmel ment középső lányához, és néhány hónapos unokájához. Munka után voltak a férjével, gondolta, jól fog esni néhány perc a picurka Kittivel. Nagy meglepetésére ott találta legkisebb lányát, Rékát. Anya nem kérdezte, mit keres Réka Beánál.

Az egész ottlétük vidáman telt, játszottak Kittivel és nagyokat nevettek a pár hónapos kicsi lány újabb szokásain, okosságán.

Mikor már Anyáék búcsúzni kezdtek, Réka megkérdezte anyját:
– Szeretnék hazamenni veletek. Mehetek?
– Gyere csak – szólt Anya. Az ösztönei kellemetlen jeleket küldtek a gondolatai felé, ez nem hangzott túl jól. Apára nézett, aki nevelőapja volt Rékának. Anya látta a szemében, az apró rándulásban a szája környékén a nem tetszést, a viharfelhőket.

Réka már két éve külön lakott a szülőktől, akkori párjával, Jocóval néhány hónappal ezelőtt lakást vásároltak, ebben éltek akkor. Csak már nem Jocóval. A nagy vita Anya és lánya között azért robbant ki, mert Réka csalódott a párjában és orvosságként, vagy mert nem tudta felmérni tetteinek súlyát, már másodszorra vetett véget ennek a kapcsolatnak. A legutóbbi szakításnál már egy másik fiú is volt a háttérben. Anya ezt végképp nem értette.

Többször is vallatta Rékát, mi a szakítások igazi oka. Szerette volna megérteni a lányát, törekedett arra, hogy döntését el tudja fogadni, de Réka mindig indulatosan, magából kikelve válaszolt.

– Jocó nem akar nősülni, nem akar gyereket, nem akar semmit! – kiabálta.

– Meg kellene várnod, amíg eljut ide – csitította anyja.

Réka egyre elszántabban bizonygatta Jocó gyerekességét, tehetetlenségét.

– Az anyja nélkül félember csak, azt sem tudja, mit akar! – érvelt hevesen. – Mindent Anyuci mond meg! Még arra is lusta, hogy kitalálja, hová menjünk nyaralni! Egyébként meg nem működik jól az ágyban sem. Befejeztem vele! Kész!

– És ez a másik, ez az akárki, ez már készen van? Ő már tudja, mit akar? – kérdezte Anya nem kis iróniával.

– Mittudomén! – heveskedett Réka. – Hagyjatok már békén!

– Rendben – nyelte le Anya a további szidalmakat –, békén leszel hagyva.

Anyáék nem akarták megismerni Réka újabb kapcsolatát, de ez a leány mindig elérte, amit akart, s ha szülei nehezen és fenntartásokkal is, de valamelyest megismerték a legújabb szerzeményét. Előítélettel fogadták a férfit, gyanakodtak és haragudtak rá, amiért támogatta Rékát a régi kapcsolat szétrobbantásában. Nem értettek egyet abban sem, hogy néhány hetes ismeretség után máris összeköltöztek.

Anyát különösen irritálta a lazán vett életstílusuk, jövőkép nélküli gondolkodásuk. Látta azt is, milyen sok kompromiszszumra kényszerül Réka az új párjával szemben. Az ő lányára az alázat egyáltalán nem volt jellemző. Kiderült az is, hogy a közel negyvenéves fiatalember már több házasságon és kapcsolaton van túl, gyermekei vannak, és minden eddigi kapcsolatának felbomlását a másik fél hibájának tudta be. Ezt a szülők nem hitték el.

Anya és lánya nehezen viselték egymást. A kemény viták után nehéz volt beszélgetniük, minden vita után egyre nehezebben. Anya persze nem hagyhatta a szótlanságot kettejük között. Ha csak tőmondatokban is, de társalogtak.

Mindannyian hazaértek, Réka saját autójával érkezett. Levetették kabátjaikat. Réka leült a nappali kanapéjára, és hallgatott.

– Na, mesélj – szólította Anya, és már tudta, nagy baj történt.

Rékának csorogtak a könnyei, sírva húzta le bal vállán a blúzát, láthatóvá tette a kék foltokat, a tenyérnyi bevérzést a kulcscsont környékén. Duzzadt volt, a keze is alig mozgott.

– Így vezettél hazáig? – kérdezte Anya, s közben belesajdult a fájdalom, ahogyan elképzelte, mennyire fájhat ez Rékának.

– Mi történt veled? – kérdezett tovább Anya, de Réka sokáig csak sírni tudott.

– Megvert – nyögte ki végül két zokogás között.

– Így? – kiabálta most már Apa is.

Anya volt az, aki hamarabb tért magához, segítette felöltözni a lányát, és azonnal vitték a baleseti sebészetre. Útközben Réka elmesélte, hogy az előző este nagyon összevesztek a fiújával, és ő, aki nehezen tűr ellentmondást, pofon vágta. A párja ettől megvadult, és visszaütött. Az ütés szerencsétlenül végződött: Réka a földre zuhant, akkor esett a vállára. Mindketten tudták, nagy baj történt, de akkor este nem mertek orvoshoz fordulni, meg másnap sem. Réka azonban valahogyan megérezte, hogy beavatkozás nélkül nem fog meggyógyulni. Akkor indult el Beához, néhány dolgot összedobálva egy táskába, szinte szökve a saját lakásából.

Most itt ültek mindhárman, várták az eredményt. Ólmos lassúsággal teltek a percek a decemberi estében, a várost lassan fehérré varázsolta a szitáló hó a nagyon hideg éjszakában. Ők hárman ebből mit sem éreztek. Várakoztak. Várakoztak Réka eredményére, és várakoztak arra az új dologra, ami menthetetlenül elkezdődik ezen az estén. A már megszámlálhatatlan újabbik dologra, ami Anyát és Apát változtatásra kényszeríti. Réka ügye egy újabb potenciális veszekedésforrás, a nem tudni, mit hozó esemény az életükben.

Apa és Anya ezekben a hónapokban amúgy sem volt túl jóban. Anya sokszor szemrehányást tett Apának, amiért hétvégenként szívesen nézett a pohár fenekére.

- Komolyan nem értem, mit akarsz elérni - házsártoskodott gyakorta Anya, akinek a türelme a határon túl mozgott. - Felmerült bennem, hogy itt hagylak. Vagyis te mész, mert én nem vagyok bűnös.
- Dehogy megyek! Nem megyek sehova! - ellenkezett Apa.
- Péter miatt iszol? - kérdezte Anya. Kár volt kérdeznie, kristálytisztán tudta.

A nyáron történt szakításuk egyetlen fiúgyermekükkel, Apa fiával. Ez tovább nehezítette Anyának a visszatalálást Apához, pedig jó ideje most először voltak ugyanazon a véleményen.

Amikor az ambulancia folyosóján téblábolták, már több hónapja nem láthatták Enikőt, a másfél éves kis unokát.

Erre is gondolt Anya, amikor várakozás közben Réka arcát fürkészte, meg arra is, milyen sors vár rá majd hétvégi alkoholos férje mellett, aki egyébként nemsokára nyugdíjas lesz, és minden napját otthon tölti. Anya még dolgozni fog, s minden nap reszketve indul majd haza, mi várja otthon, miért fognak összeveszni, mert Apa ebben az állapotában a vita kedvéért, a vita jelenlétéért is vitatkozott.

Aztán az is eszébe jutott, hogy Péter családjának távolléte miatt eldöntötték Apával, az idei karácsonyt nem töltik a gyermekeikkel. Elképzelhetetlennek tartották a vidám ünneplést Péter és családja nélkül, meg feszültségben Rékával és új kedvesével. Nem találtak jó megoldást, az egész világ keserűségét hordozták. Aztán egy merész gondolattal szállást foglaltak maguknak az ünnepek idejére egy nem túl messzi lévő, kedves kis város panziójában.

- Felfogni sem tudom, hogyan fogom ellátni magunkat karácsonykor, amikor mindenki a szeretteivel van otthon - mondogatta Apának.
- Akkor ne menjünk - békítette Apa.
- Hát pedig itthon sem maradok ilyen gyerekkel - ragaszkodott rögeszmésen az elgondolásához. - Nem maradok itthon, nem érdemlik meg a közös ünneplést.

A foglalás tehát megtörtént, a "majd csak lesz valahogy, legfeljebb hazajövünk" gondolatával.

Anya a váróban nagyon aggódott. Nem saját elkövetkező sorsa izgatta, inkább lányát féltette. Rengeteg kérdése lett volna Apához, aki rendületlenül taposta a kövezetet, meg Rékához is, aki magába roskadva gubbasztott a kórházi, kényelmetlen padon, de nem bírt szólni. A válaszoktól is félt. Bántón nagy csönd kötötte gúzsba mindhármukat, s úgy érezték, mérhetetlen sok idő telt el addig, amíg a rendelő ajtaja kinyílt, s végre bekísérhette a lányát az ismerős orvos elé.

– El van törve a kulcscsontja, nyolc napon túl gyógyuló a sérülés – hadarta el a doktor.

– Nem értettem jól. Tessék? – motyogta Anya. Réka értette, szája sarkában gőgös mosoly bujkált.

– El van törve a kulcscsontja, nyolc napon túl gyógyuló sérülése van – ismételte lassabban az orvos. – Feljelentést kell tennem. Nyolc napon túl gyógyuló sérüléseknél kötelező. A lányt ellátom, kérem, fáradjon ki, és várják meg az ügyeletes rendőrt, ő majd felveszi az ifjú hölgy vallomását.

Anyával fordult egyet a rendelő. Csonttörés? Rendőr? Feljelentés? Ilyen dolga eddig sohasem akadt. Még akkor is támolyogni érezte magát, amikor Apának elmondta odakinn, amit az orvostól hallott. Apa nem szólt, mindketten bárgyún néztek maguk elé. Még akkor is, amikor Réka nyolcas kötéssel a hátán, félig felöltözve kijött a rendelőből.

– Nem akarom feljelenteni! – zuhant ki belőle a fojtott indulat.

– Micsoda? – sziszegte Anya. – Mit nem akarsz? Engedte tönkremenni a kapcsolatodat, aztán téged is tönkretett. Előbb kellett volna gondolkodnod! Akkor, amikor tegnap este meglendült a kezed! Az orvos nem tehet mást, meg kell tennie a feljelentést! Hivatalból! Ha már idejöttél! Te pedig megvárod a rendőröket, és vállalod, ami következik!

S míg ezeket a mondatokat összeszorított szájjal szórta Anya Réka felé, hangja egyre feljebb és feljebb emelkedett. Réka dühös volt, s a jelenet talán durva szócsatává is fajult volna, ha Apa nem csitítja le mindkettőjüket.

Ismét várniuk kellett az éjszakai, kietlen váróban. Anya arra gondolt, mindenki más otthon van, melegben és békességben a családjával, csak velük babrált ki ma este a sors. Érezte, ahogyan elönti az irigység a többi ember iránt, akik jól vannak és gondtalanok ezen az estén. Majd a lányát nézte, s gyötrődött. Saját testében érezte, mennyi fájdalmat élhetett át az elmúlt órákban a gyermeke.

Miután így megkínozta magát, valahonnan megérkezett a harag is. Dühös volt, tehetetlennek, gyámoltalannak érezte magát, amiért ezt a lányt nem bírta beállítani a sorba. Réka állandósult szembenállása, heves természete oly sok gondot okozott már neki. Ebben a pillanatban végtelenül messze érezte magától, a következőben pedig végtelenül közel, mert gondolataiban felidéződött a lány pici gyermekkora, cicás, bújós természete. Szerette volna átölelni, ölébe bújtatni, mint akkor, amikor még belefért.

Kegyetlenül hosszúnak érezte az időt, amíg a rendőrök megérkeztek. Azok aztán tették a dolgukat, bemutatkoztak, felvették az adatokat, a tényállást. A fiatalabbik rendőr ellátta Rékát mindenféle jó tanáccsal, miközben igencsak indulatosan beszélt a barátról, aki idáig juttatta őt. Megígérte a szülőknek, hogy meglátogatják a Réka lakásában maradt goromba fickót, és elmondják, mi történt a lánnyal, ki is hallgatják, valamint felszólítják, hogy távozzon onnan. Anya látta, Rékát kétségek gyötrik, félelmek a jövőtől, és rémült is volt a kötelező feljelentés miatt. Viselkedésében, gesztusaiban azonban a felnőttes énjét színészkedte, mindenkivel láttatni akarta, hogy ő a „mindentudó, önálló és gyakorlott" szabad ember.

A kihallgatás után már nem volt mire várniuk. Apa vezetésével, fűtött indulatokkal tértek haza. Természetesen Réka velük maradt. Ez az éjszaka már nem volt alkalmas értelmes beszélgetésre. Anya megágyazott Rékának. Mindhárman elvonultak a saját gondolataikkal, kétségeikkel, fájdalmukkal.

Azon az éjszakán Anya egy pillanatot sem aludt. Hullámokban tört rá a fájdalom. Agya fáradhatatlanul azon dolgozott, mi lesz ezután. Tudta, Réka a jövőben nem fog egyedül élni a saját lakásában. Munkája nem volt, a lakásrészleteket meg fizetni kellett, mindenképpen segítségre lesz szüksége. Hamar munkát kell keresnie.

Lázasan gondolkodott azon is, miként kellene visszaalakítani a lakást, mert Rékának megfelelő helyre lesz szüksége, és nekik sem folytatódhat természetellenesen az életük. Semmi nem lesz egyszerű. Réka néhány nap múlva megrázza magát, lehullnak róla az elmúlt hetek eseményei, régi, szertelen énje hamar visszatér, és ha most még nem is, de később mindenképpen igényeket állít, leginkább a környezetével szemben. Most még azt mondja, neki elég egy ágy is, egy idő után azonban teret követel majd magának, és ő lesz a legjobban megsértődve, ha a szülei nemet mondanak. Réka számára a határok azért vannak, hogy ledöntse őket, a szabályok pedig már a meghozatalukkor elavultak, utálatosak.

Anya nagy vitákra számított Apával, aki sohasem értette meg a gyerekek önállótlanságát.

– Én tizennégy éves korom óta éltem egyedül, akkor költöztem a kollégiumba. Ettől kezdve sohasem laktam a szülőkkel, soha! Mindezt bármelyik megteheti – szokta mondani, és halálosan komolyan is gondolta. Ez számára axióma volt: a felnőtt kort elérő gyerekek egyszersmind önállóvá is válnak. Apa fogalomtárából hiányzott a magány, az egyedüllét, az elveszettség. Ő volt a hiteles mérték, mindenkit eszerint látott és gondolt. Racionális gondolkodását nem befolyásolta a sajnálkozás, mert nem nagyon ismerte.

A tökéletes, ésszerű, praktikus Apával valahogyan el kell fogadtatni, ha Réka haza akar jönni.

Másnap Anya munkatársaival együtt elutazott Bécsbe. A kirándulást már régen megszervezték, egy szép adventi napot szerettek volna ott tölteni, megnézni a díszítést, a fényeket, esetleg ajándékot vásárolni az ünnepekre. A sors jó szervező volt. Elintézte, hogy Anyának ne legyen üléstársa a buszon. Egyedül, gondolataiba feledkezve ülte végig az oda- és visszavezető utat. Hálás volt ezért, legalább tisztultak a gondolatai, felkészülhetett a Rékával elkövetkező beszélgetésre, Réka és saját érdekeinek képviseletére Apával szemben, a közös életük mindennapjaira, az átpakolásra, a rá zúduló nehézségekre.

A következő napon már könnyek nélkül sikerült beszélnie Rékával. Nem csalódott a megérzéseiben, Réka valóban haza akart költözni. Miközben Anya teljes szívével értette a lányát, nem rejtette véka alá, hogy nem ért egyet vele.

Azt is elmondta, csöppet sem örül ennek, és ebben a pillanatban, bár megvan az elképzelése, hogyan alakítja át a lakást, még fogalma sincs arról, hogyan fogadtatja el ezt Apával, aki már réges-rég megszokta a gyerekek nélküli életet. Köntörfalazás nélkül mondta el az aggályait, az elkövetkezendő közös életük határait, szabályait.

– Nem férek bele a kényelmes kis életetekbe? – kérdezte Réka olyan szenvtelenül és kihívón, hogy Anyának nagy erővel kellett visszafognia magát. Első indulatában szívesen pofonvágta volna. Réka támadó volt, gunyoros és szemtelen, de Anya az őt elöntő düh ellenére tudta, mit takar a sziszegése. Réka valójában védtelen és megsebzett volt, a kiutat kereste, a lehetőséget, a kapaszkodót. Nem őt akarta bántani, a helyzetét utálta.

Anyának nincsenek tiszta emlékei arról, mi történt ezután. Hogyan élték túl a következő napokat, a kirobbanó veszekedéseket, hogyan jutottak el odáig, hogy a következő napok valamelyikén bekísérje Rékát a rendőrségre. Foszlányokban ért el a tudatáig a lakás átpakolása, Réka hazaköltözése, a rendőrségi feljelentés visszavonása. Álomképként élt benne az is, hogy miközben értékrendje nem engedte felmenteni Rékát bűnössége alól, féltette őt a brutalitástól, a reá váró bírósági perektől, pedig a maga életének emlékeit idézve mélységesen gyűlölte a párkapcsolatban felbukkanó erőszakot, és vágyott rá, hogy minél nagyobb büntetést kapjon az, aki fájdalmat okozott a lányának. Ködös képek bukkantak fel arról, hogy Rékának a családi támasz mellett pszichiáterre volt szüksége, és erős gyógyszereket kapott, és olykor-olykor, főnöknője engedélyével, bevitte őt a munkahelyére, egy szeretetközösségbe, ahol nagy elfogadással vették körül. Réka segített egy kicsit Anya munkatársi közösségének a karácsonyra való készülődésében, megismert új arcokat és sorsokat, lassan megnyugodott. Apa és Anya kapcsolata azonban nem lett jobb, mitől is lett volna, de a kettejük közötti nézeteltérésekre, kiküszködött kompromisszumokra, engedményekre sem emlékezett. Mintha a néhány hetet valaki jótékonyan ködbe ágyazta volna az elméjében, mintha az idő elveszett volna a múltban.

Anya számára akkor kezdett tisztulni a lét, amikor már csomagolnia kellett az elutazás előtt. Rémlett, hogy valamikor felhívta a szállás tulajdonosát: hárman mennének, van-e hely így a számukra, s mintha azt a válasz kapta volna: „rendben".
Talán még ajándékot is vett, Apának karórát, Rékának apróságokat, a többi gyereknek... mit is? Azt már nem tudta.
Csomagolt, főzött, sütött, a „mit viszünk" dolgokat meg tudta beszélni Apával, s valahogy összekészültek. Elutazásuk napján került a csomagba két pakli francia kártya, néhány fenyődísz, fenyőág, és egy üveg jóféle whisky is.

Kora délután értek oda. Sem rossz-, sem jókedvük nem volt. Komótosan pakoltak a szekrényeikbe, találomra választottak ágyat, vagyis hagyták Rékára a választás lehetőségét. Anya kezébe véletlenül került egy szórólap, amely arról értesítette az olvasóit, hogy ünnepi pásztorjátékot rendeznek valamelyik vendéglő teraszán azon az estén. Elolvasta, majd félre is dobta, nem érdekelte. Van most más baja éppen elég.

Feltérképezte a konyhát, a hűtőszekrényt rakta tele, azon gondolkodott, mi hiányzik még a szállodai ellátás nélküli túléléshez. Nem talált mosogatót. Ez kicsit elbizonytalanította, de a háziak biztosították arról, hogy nem kell mosogatnia, csak hagyják ott az edényeket. Ők azt rendbe teszik. Anya furcsának találta, de nem szólt, nem is volt kedve. A szobájuk tiszta volt, tágas, ebben a pillanatban nem is volt fontosabb a számára. Még vázába tette a fenyőágat, rájuk akasztgatta a díszeket, az így elkészült szobadísz alá tette Apának és a lányának szánt ajándékát, az italt is, egészen úgy, mintha otthon lennének. Rajtuk kívül talán még egy férfi lakott a panzióban, így a délután nagyon csendben telt. Apa olvasott, Réka a tévét bámulta, Anya a plafont. A másnapot, a szent napot is nagyon nehezen tervezték meg. Talán délelőtt bemennek a városba, megnézik az ünnepi díszítést, és valamit kitalálnak még. Majd. Holnap. Ma már biztosan nem.

– Játsszunk valamit – hallotta egyszerre saját magát Anya. Nem tudta, honnan érkezett a hangja, ő nem akart szólni. Kicsit meg is lepődött.

A másik kettő kicsit élénkebb lett.
- Mi' csináljunk? - könyökölt fel a lánya.
Apa orráról lejjebb csúszott a szemüveg.
- Játsszunk valamit - mondta újra Anya, még nagyobb csodálkozással, mint az előbb.
- Ugyan mit? - suttyant vissza unottan Réka az ágyra.
- Hoztam kártyát - válaszolt Anya.
- Milyen kártyát? - csodálkozott Apa a beszélgetésbe.
- Franciát.
A döbbenet megtöltötte a picinyke szobát. Aztán mindhárman mozdultak, lassan, komótosan, visszafogottan, hitetlenkedőn.

Apa elpakolta a párnákat a hely miatt, Anya a kártyáért indult, Réka még mindig kételkedve félig ülő, félig fekvő pózba küzdötte magát, majd lajhár módjára átmászott a másik ágyra, Apa mellé. Ki osztott először, ki kezdte a játékot, ki nyert, és mikor unták meg, nem számított. Játék közben lassan lazulni kezdtek a közöttük feszülő szálak, közelebb kerültek egymáshoz, jókedvük támadt, és nevettek. Nevettek mindannyian, felszabadultan, sokat.

A kezdeti ámulat után a szobát a melegség és a derű is meglátogatta, de amilyen gyorsan és váratlanul érkeztek, olyan gyorsan szökkentek tova, nem maradtak sokáig a vendégségben. A kora esti varázslat átmenet nélkül ért véget.

Már szürkült a látóhatár, szállingózni kezdett a hó. Anya a kinti tájat, a hóesést bámulta. Úgy érezte, jó volna kívül lenni a csenden, kívül lenni a szobán és magán is. A délutáni kártyaparti emlékeztetett valamikori önmagukra, az este azonban nem mutatta magát kellemesnek. Járkálni kezdett a szobában, ki-kinézett az ablakon. Azt fürkészte, esik-e még a hó. Rosszkedve folyamatosan növekedett, a hóesés is abbamaradt. Olvasnivalót keresett, ekkor került ismét kezébe a szórólap, amit délután olyan hányavetin félrehajított.

- Nem sétálunk be a városba? - kérdezte, de nem is igen várt feleletet. A kérdés ott maradt a levegőben egy ideig, s amikor már úgy gondolta, nem is kap választ, Apa a könyv mögül valami olyasmit mondott, ha Anyának van kedve, ő nem bánja, mehetnek.

– Réka? – szólította lányát.
– Én nem megyek. Fáradt vagyok – válaszolt érdeklődés nélkül a lány.
– Gyere, megnézzük ezt a pásztorjátékot! – erősködött Anya.
– Hát, arra meg pláne nem megyek – fordult a fal felé Réka, s ezzel ki is zárta magát a társalgásból.
– Lehet, hogy jobban kéne hinned! – provokálta anya.
– Lehet – bökte vissza Réka, s fejére húzta a párnát.

Anya öltözni kezdett. A szekrénybe rakott ruhák nem kínáltak számára nagy választékot, nagyon rosszul pakolt magának. Meleg is legyen, meg nézzen is ki valahogy, ez most nem jött össze. Nehezen készült, Apa már toporgott, attól tartott, bemelegszik. Végre Anya is el tudott indulni.

– Mi elmentünk – szólt vissza a lányának.
– Oké – mondta Réka –, én alszom egy kicsit.

A panzió halljában nézték meg, merre kell menniük, hol van az utca, a vendéglő, ahová a szórólap invitált. Baktattak egymás mellett a gyorsan sötétedő és hűlő estében. Fázósan húzták magukon szorosabbra a kabátot, de nem közeledtek egymás felé. A szűk kis utcákon hamar elérték a kis teret, ahol már gyülekeztek az emberek, hogy megnézzék a világ legnagyobb misztériumát, és lélekben is felkészüljenek az ünnepre.

A tér, alig nagyobbacska egy ház területénél, melengető boldogságcsepp volt ezen a fagyos estén. A szabad tűzhelyekben víg szikrákkal tűz pattogott, messzebb sátrakban zsíros kenyeret, forró teát, forralt, fűszeres bort kínáltak. A vendéglő teraszán már készen álltak a díszletek.

A levegőt megtöltötte a meghittség, az emberség, a jóság és a várakozás. Anya néhány perc ácsorgás után úgy érezte, valami nagy-nagy titok lengedezett a lelkek, az illatok, a hangok között, és akik ott voltak, csak látszatra voltak idegenek egymásnak, mert valahogy mindenkit közel érzett az amúgy nagyon szomorú szívéhez.

Egyszer-egyszer gyermekhang, aprócska csecsemő sírása is eljutott hozzá, ez kicsivel nyitottabbá varázsolta befelé forduló lelkét.

Egyre csak jöttek, kicsik és nagyok, kíváncsiak, bámészkodók. Mire az előadás elkezdődött, a tér tele lett emberekkel, akik csendben beszélgettek, forró teát kortyolgattak, vagy gyermekeiket igazgatták a csendre, türelemre.

A pásztorjáték modernesített formában közvetítette a születéstörténetet, mégis beférkőzött az inkább konzervatív nézeteket valló Anya kabátja alá, ruhája alá, bőre alá, talán még mélyebbre is. Nem is annyira a színészi megjelenítés, inkább a mondanivaló, az énekek, a versek.

Még nem tudta, hiszi-e igazán, vagy nem ezt a csodát, de azt teljes anyagi valójában érezte, hogy a lelkében valami megváltozott. Valami, ami eddig oly nagyon hiányzott onnan, ezen a hideg estén, távol az otthonától, távol a többi gyermekétől megérkezett, és betöltötte egész lényét. Magában szólt valakihez, talán gyónt. Tisztán látta életének minden érték nélkül élt percét, az elkövetett hibákat, tévedéseket, a másoktól elszakított és magának megszerzett boldogságot, amiről mindaddig azt hitte, valójában megérdemli. Azt hitte akkor, régen, még nagyon fiatalon, hogy joga van ehhez. Szerelmét világgá kiáltotta, így szedte szét a kétgyerekes családot, és tette tönkre a sajátját. Két család vált ketté, hogy Anya szerelme megvalósuljon. Férjhez is ment ehhez a férfihoz. Ennek a szerelemnek őrzi ma is minden örömét, boldogságát, és semmihez sem mérhető szenvedését. Ebből a házasságból született Réka. Pár év múlva, amikor Anya már tudta, mekkora hibát követett el, és Rékával is gondok adódtak, mindig arra gondolt, büntetésből kapja a kínokat, mert amíg boldog volt Réka apjával, sohasem jutott eszébe, milyen szenvedést okozott a másik családnak és a volt férjének. Most is tisztán látta és érezte. Zuhatagként ömlött rá a számára teljesen idegen és szokatlan újabb érzés: marcangoló bűntudat kínozta mindezért.

Másféle érzések is kavarogtak benne. Amíg lezártnak vélt életútját járta gondolatban, és küzdött a hirtelen felbukkanó bűn gyötrelmével, most azt is meglátta, hogy minden elakadásnál, minden kínnál, minden bánatnál kapott valahonnan erőt, támaszt, kapaszkodót. Ma, ebben a varázslatokkal telt estében, kinyílt szívében még egy érzés megjelent, amit eddig még soha életében nem érzett. Hálás volt azért, ami eddig segítette.

Szerette volna ezt elmondani, és megosztani valakivel, mi minden változik a bensőjében, de nem volt kivel. Apa hiába állt mellette, Anya most nem tartotta őt érdemesnek minderre. Lassan, szivárogva indultak el könnyei, s titokban, hogy Apa ne is lássa, sírva ajánlotta magát, életét, családját, és minden problémáját a magasságnak, mert meg volt győződve róla, hogy ezeket az érzéseket csakis onnan kaphatta.

A játék befejeződött, s a pici tér lassan kiürült, ők is elindultak, hogy megkeressék a szállásukat. Anya nehezen szakadt el onnan, folyton visszanézett, szerette volna újra és újra megélni az átlényegítő perceket. Iszonyatosan fázott. A csontjaiban érezte a hideget, de a lelke könnyűvé vált, mintha az életében eddig történt dolgok nem is léteztek volna, csak a most érdekes, csak a van megfogható. Hallotta, hogy Apa szólongatta, de nem válaszolt, nem akart beszélni. Most nem. És lehet, hogy később sem.

Nemsokára azonban rázuhant a való világ, a sötét este és az is, hogy eltévedtek. A gyér világításban, a külvárosi részen, idegenben nem tudtak tájékozódni. Anya azért, mert még tartott a révület, Apa valami másért. Anya nem volt kíváncsi rá.

A kihalt utcákon sietősen kerestek valami ismerős pontot a délutánból, de nem találtak semmi olyan építményt, ami segítette volna a dolgukat. Jó sokáig bolyongtak, mire találkoztak egy fiatal nővel, aki kiskutyájával sétálgatott a koromsötétben, és szívesen útba igazította őket. Anya ezen az estén újra csak megérezte, hogy léteznek angyalok, és most találkozott is egygyel a hölgy személyében.

Apa felhívta Rékát, hogy nyugodt legyen: eltévedtek, de már indulnak visszafelé.

– Nem voltam ideges – hangzott a telefonból Réka szenvtelen hangja. – Aludtam.

Anya elcsigázott, fáradt, életunt volt, fázott, szinte reszketett. Az esti átlényegülésnek már nyoma sem volt, amikor szobájuk ajtaján beléptek.

Réka éppen ébredezett.

– Jó volt? – kérdezte félálomban.

– Érdekes – válaszolt Apa.

- Szép - toldotta meg Anya.

A szokottnál is csendesebben költötték el a vacsorájukat, az otthonról hozott ételek előkészítése, tálalása még jobban kijózanította Anyát. A rutinból végzett feladatai közben azon gondolkodott, ami az este történt vele. A tálalás és a vacsora közben ismét úgy érezte, mint majdnem mindig az élete során, hogy az egész csak badarság. Nem volt, és ma sincs senki, aki megoldaná a problémáit, aki megfogná a kezét, aki átmelegítené a szívét. A varázslat csak egy szempillantás. Mire újra kinyílik a szem, már el is tűnik. Az életben nem történhetnek igazi nagy csodák, csak apró villanások mutatják a változás lehetőségét, éppen csak addig, míg meglátjuk, miként kellene jól vagy jobban élni. Még meg sem fogjuk, még meg sem értjük, és huss! Eltűnik, elröppen, és a változatlanság örökkévaló. Csak a belenyugvás örök.

Kevésnek, kicsinek, erőtlennek érezte magát. Már oly sokszor végiggondolta a lehetőségeit jelenlegi házassága megmentésére is, a gyerekek, Réka problémáinak megoldására is. Esélye sincs rá.

Vacsora közben Apa többször próbálkozott, hogy felbonthatnák az otthonról hozott jóféle itókát, és koccinthatnának - esetleg. Anya határozottan kijelentette, hogy neki nem kell. Réka gyógyszereire hivatkozott, de biztosították Apát, tőlük aztán nyugodtan felbonthatja.

Apa leszavazódott, és ezen az estén az üveg bontatlan maradt. Szöszmötölve, kényszeresen tértek nyugovóra. Apa híresen gyors elalvó volt, Réka a tévét bámulta, szirupos karácsonyi filmet keresett gondolatűzőnek. Nem volt közlékeny, nem lehetett tudni, mire gondol. Anya is csendes volt, nehezére esett minden kimondott szó. Nem erőltette hát a beszélgetést.

Később otthonára, az otthoniakra is gondolt, akiket most ártatlanul büntetett.

Olvasni kezdett, de nem kötötte le a könyv. Újra és újra emlékeznie kellett a terecskére, a rázuhogó, és testében áramló érzésekre. Sajnálta magát. Szeretett volna tartozni valakihez, aki szereti őt.

Egy ideig fürkészte Rékát, majd felállt, s olyan természetesen, mintha mindig is így cselekedett volna, odakucorgott Rékához, egészen közel hozzá, a takarója alá. Jó ideig csendben ültek. Valamelyikük megunta a hallgatást, szaggatottan, suttogva kezdtek beszélgetni, közömbös dolgokról. Anya megérezte lányában a mérhetetlen dacot, az elvadult dühöt, a sértett önérzetet. Réka minden porcikájában védekezett, ugrásra, támadásra kész volt, mindenféle látható és láthatatlan ellenségével szemben. Anyával szemben is. A lány pattanásig feszült indulatait érezve Anyát ijedtség és szorongás fogta el, de nem ejtett szót róla. Apa mindebből semmit sem érzékelt. Takarója alatt a legnagyobb békében szuszogott, álmában talán megelégedett volt.

Az éjszaka egyikük számára sem hozott enyhülést. Keveset és riadozva aludtak, rossz álmaik gyötörték mindhármukat. Már jócskán benne voltak a délelőttben, mire megreggeliztek, és nagy nehezen összeszedték magukat a betervezett sétára a városban.

Az indulás nehézségei után Réka internetezni akart. Idejövet láttak egy kávéházat, ahol ezt megtehette volna. Szülei szerencséjére azonban már bezárták. Pufogott egy sort emiatt, durcás kisgyerekre hasonlított, aztán lassan eljutott a tudatáig, hogy szent nap van, és majdnem dél, és valószínűleg a legtöbb embernek karácsony.

Mire a főutcára értek, enyhült Réka felháborodása. Ahogy sétálgattak egymás mellett, és nézegették a vásáros bódék kínálatát, hol egyikük, hol másikjuk maradozott el, és várták be a többiek. Úgy látszott, egész családot alkotnak, akik kifejezetten élvezik a látványosságot. Valójában tényleg bele is feledkeztek mindebbe.

Elragadtatással szívták magukba a vanília, a fahéj, a fenyő, a narancs illatát, érezték a forralt bor összetéveszthetetlen aromáját, próbálgatták a melegnél melegebb sálakat, kesztyűket, keresgették a még nem ismert fenyődíszeket. Az állatsimogatóban a kiskecskék meleg párát fújtak a levegőbe, a bárányok göndör bundájuk alól bégettek, és nem értették, mi történik, ugráltak keresztbe-kasul. Mindettől Réka is egészen felvidult. Ebben a könnyed hangulatban értek el a templom előtti térre, ahol szalmából épített bábukkal, állatokkal, feldíszített fenyőfával betlehemet találtak. Elcsendesedve nézték Máriát, a kisded Jézust, aki a legenda szerint ma este megszületik.

Apa úgy nézte meg, mint érdekességet, az építés mikéntje érdekelte leginkább, Réka is megállt, mert megállt a másik kettő. Anyát az emlék állította meg, a tegnap esti emlék, érzelmei viharának emléke. Szerette volna, ha jelet kap, valami egészen kicsit, valami apróságot a tegnapi melegségből, csodálatból, áhítatból. Keze lassan összekulcsolódott maga előtt. Tudta, hogy imádkozni kellene, a felidézett foszlányokból azonban nem sikerült összerendeznie a gyermekkorában oly sokszor elmondott imák egyikét sem. Mélységes szégyenérzete támadt. A meleg, kellemetlen pír a bokájánál indult, végigkúszott a gerincén, a mellkasát szorította, majd a tarkójánál érezte. Kicsivel később a torkánál fullasztotta, majd kiült az arcára, és tovább maradt ott, mint Anya szerette volna. Szégyene a kövezethez cövekelte, porig alázta.

Talán arra képes volt, hogy kezét a mellkasához emelve kis keresztet rajzoljon, de ebben nem volt egészen biztos.

– Jól vagy? – hallotta párja hangját, valahonnan nagyon messziről. – Menjünk már!

– Mehetünk? – kérdezte Réka is. – Találtam ott a sor végén egy salátabárt, vehetnénk valami finomat estére.

– Lemehetnénk akár a folyóhoz is – révedezett Anya.

Időt szeretett volna kapni a visszatéréshez, kicsit magára maradni a gondolataival.

A séta jólesett, de az utcai forgatagból már nem érdekelte különösebben semmi. Mire a folyópartra értek, Anya pontosan tudta, hogy újra meg fogja tanulni az imákat, amiket elfelejtett. Ima közben talán ismét megérezheti az előző esti könnyítő varázslatot. Vágyakozott és sóvárgott a békességre és valakire, akivel megoszthatja legrejtettebb, legfájdalmasabb gondolatait. Míg ezen mélázott, a másik kettő ráébredt, hogy karácsony délutánja van. A part üres volt, a máskor turistáktól, sétálgató emberektől hangos utca csendbe borult, az üzletek fatábláit becsukták. Egy-egy párát lehelő, nagykabátba burkolózó alaktól eltekintve senki emberfia nem volt a környéken. Végigsétáltak a jeges víz melletti rakparton, a folyó felől szürke köd szállingózott, rátapadt a hajukra, az arcukra. Fáztak. Elindultak a szállásuk felé. Már mindenről lemondtak, amikor egy teázó tulajdonosa lépett az utcára, zárni készült, számára is elérkezett az ünnep.

– Kértek egy kávét? – fordult a lányok felé Apa.

– Én inkább egy forró teát innék, nagyon fázom – szólt Réka. Anya közölte, ő nem kér semmit, legfeljebb egy kis magányt. Legszívesebben mindenkitől távol lett volna.

A teázóban a forró tea mellett a két nő csendben üldögélt, Apa viszont elemében érezte magát, mert rögtön elmesélte a tulajdonosnak, ezerszer bocsánatot kérve a késői zavarásért, miért is vannak most itt, a karácsonyt miért töltik távol az otthonuktól.

– Mit szólnak ehhez a gyerekek, akik otthon maradtak? – érdeklődött a fiatalasszony, talán csak udvariasságból, talán csak azért, hogy teljen az idő és fogyjon az ital. Kissé türelmetlennek látta őt Anya, de az is lehet, hogy csak saját, kavargó lelkivilágát vetítette az asszonyra.

– Ez nem kívánságműsor – válaszolta kissé indulatosan Apa.

„Ez az ember nem az én férjem", gondolta Anya, de nem szólt. A lányára nézett, szemével szerette volna jelezni, menjenek, már nagyon unja a színjátékot.

Lassan fogyott a kávé, lassan a tea, és Anya hálát adott a magasságnak, amikor végre elhagyták a boltot, szép karácsonyt kívánva a háziasszonynak és családjának.

A vacsorájukat udvariasan, kevés szóval, ünnepi hangulat nélkül költötték el. Fenn a szobában, megszokásból, mintha otthon lennének, megajándékozták egymást. Apa a teázóban vett Anyának egy doboz angol teát, ez volt az ajándéka, és nagyon meglepődött, amikor Anya átadta neki a karórát az ő angyalkájától.

Talán az ajándék tette, talán a gyertyaláng és fenyőillat, talán az együtt töltött nap vagy valami más, a szobájukat megtöltötte az előző délutánon megélt békesség, nyugalom. Anya minden sejtecskéjében érezte, volt velük valami vagy valaki, és láthatatlanul irányította az eseményeket. Így kerültek ismét a kártya közelébe, így játszottak ismét felhőtlenül, tiszta szívvel, jókedvűen. Az otthonuktól messze, a többi gyereküktől is messze, most hárman összekapaszkodtak, egy családot alkottak. Nem volt vita, nem volt feszültség, nem voltak ellentétek. Karácsony volt. Anya tudta, ezen az éjszakán merni kell nagyot álmodni. Ez az éjszaka megadja majd a csodát, csak kérnie kell, és hinnie kell a megvalósulásban. A titokzatos éjszakában, a mély csendben, a takarója alatt Anya imádkozni próbált, szeretett volna hálát adni Jézusnak, aki ezen az estén, valamikor nagyon-nagyon régen megszületett. Szeretett volna beszélgetni Máriával is, aki édesanya volt, mint ő, aki megértette volna fájdalmát, és ha elvenni nem is tudta, legalább könnyítette volna a lelkét. Imára kulcsolt kézzel feküdt a takaró alatt, szemét becsukta, a betlehemre gondolt, a pásztorjátékra, és halkan, nehogy valaki meghallja belekezdett az imába:

– Hiszek egy Istenben...

Anyának apránként és vontatottan minden száműzött és elfelejtett ima az eszébe jutott, amit valaha, nagyon régen, a gyermekkorában tanult. Egészen mélyről, mondatonként, szavanként, sejtelemként érkeztek, s lassan, többször újrakezdve, a töredékekből könyörgéssé rendeződtek. Mire a téli napsugár első fényecskéi megcsiklandozták a függönyök fodrait, imái betöltötték egész lényét, egész valóját, talán a kis szobát is. Tovalibbentek az éterben a messzi magasságba.

Reggel könnyű szívvel készítette a kávét, a teát, fűtötte a fürdőszobát. Az előző napok, hetek fájdalmas létét felváltotta egy súlytalanabb érzés, s ha nem is tudta még megfogalmazni, mi történt vele, de minden porcikájában érezte a változást. Nyugodtabb volt, kiegyensúlyozottabb, barátságosabb, nem húzta milliónyi kötél a földhöz.

Amikor már otthon csomagoltak kifelé a kofferokból, mosolyogva simogatta meg a francia kártya dobozát, és akkor vette csak észre, hogy a becsomagolt whisky érintetlenül került haza.

Első útja otthon a templomba vezetett. A hátsó padok valamelyikébe ült, a lehető legkisebbre húzta össze magát, minél kevesebben lássák. Szédelgett, és minden ízében didergett az izgalomtól, a bensője azonban kitartásra buzdította.

Részt vett a szentmisén, s bár zavarta, hogy nem tudja, mikor mit kell tennie, ottmaradt a hívekkel, kitartóan imádkozott. Hálával telt szívét még hideg kézzel fogta a félelem, de tudta, nemsokára ez is elmúlik. Helyét felváltja majd a szeretet. Ő megnyitotta a szívét, elindult ezen az úton, ezután már minden sokkal könnyebb lesz. Hitte ezt. Megvárta, amíg kiürül a templom. Odasétált Jézus jászlához, és csendben elmesélte a Kisdednek, minden megélt karácsonya közül – nehézség, kín és gyötrődés ellenére, vagy talán éppen azért – ez volt a legkülönlegesebb, a legigazibb. Ezen a rosszul kezdődött karácsonyon, amikor már nem is várta életének javulását, amikor már minden elveszettnek tűnt a kínzó kétségbeesésben és reménytelenségben, megkapta életének legnagyobb ajándékát, a kegyelmet, ami csakis az égből, csakis tőle érkezhetett. Szívét, lelkét betöltötte a kicsi gyermekkorában elhagyott, tiszta szeretetforrás, a hit.

Ezért ment a templomba, ezért ment a jászolhoz, köszönetet és hálát mondani Jézusnak, és Máriának is.

Epilógus

Apa februárban végképp letette a poharat, soha többé nem ivott. Kapcsolata Anyával egyre bensőségesebbé vált, nem veszekedtek, nem is volt miért. Mára igazi jó barátok lettek. Apa rendszeresen elkíséri Anyát a vasárnapi misékre. Réka megnyugodott, személyisége jobbá lett, gyógyszerek nélkül él. Anyáéktól távolabbi városban lakik, munkahelye van, tartós a párkapcsolata. Nem találta meg rögtön a kivezető utat, de Anya és Apa ajándékba kapott nyugalmával, türelmével alakítva ma már lényegesen szebb, tartalmasabb kapcsolatban van a szülőkkel.

Péternek másik kislánya is született. Edina érkezésekor, úgy tűnt, kibékülnek Apával, de Apa szándéka nem volt elég ehhez. Enikő iskolába jár, Apáék hallomásból tudják, hogy nagyon értelmes, okos kislány.

Kitti, az akkor pici unoka már nagycsoportos ovis, hittant tanul, szívesen beszélget mamájával a bibliai történetekről.

Anya pedig, mint minden hívő ember, templomba jár, imádkozik, bűnbánatot gyakorol. Ma már mélyen hiszi, hogy semmilyen bajban nem volt, nem is lesz magára hagyatva.

És persze sohasem fogja elfelejteni azt a várost, azt a pásztorjátékot, azt a betlehemet, azt a karácsonyt, azt a legigazibb karácsonyt...

novum KIADÓ A SZERZŐKÉRT

Értékelje
ezt a könyvet
honlapunkon!

www.novumpublishing.hu

A szerző

A szerző 1955. február 24-én született Hatvanban. Munkáját az egészségügyben ápolóként kezdte, különböző területeken dolgozott, később rendelőintézeti szakasszisztens lett. Ezután a szociális szférában tevékenykedett vezető gondozónőként az idősek otthonában. 2014-ben mentálhigiénés szakasszisztensként vonult nyugdíjba. Nyugdíjazása óta önkéntes beteglátogatói szolgálatot teljesít a helyi kórházban. Férjezett, két saját és két nevelt gyermeke, valamint három unokája van. Hobbijai széles területet ölelnek fel: a kézimunkázástól a kertészkedésen át, a zenéig és irodalomig terjed az érdeklődése. Nagyon szeret utazni, új dolgokat felfedezni. Különleges ajándéknak tartja hitét, empátiáját, de ide sorolja még a segítő- és tűrőképességet, ösztönösséget, kreativitást, rugalmasságot, munkabírást, kíváncsiságot és a titoktartó képességét is. Korábban is írogatott, kórházi és országos pályázatokra küldte munkáit. Az „Ezt elkerülhetted volna, fiam!" című művével első helyezést ért el, ez később a Látlelet című folyóiratban nyomtatásban is megjelent. A szerző első kötetét tartja kezében, kedves olvasó.

A kiadó

*Aki feladja,
hogy jobbá váljon,
feladta,
hogy jobb legyen!*

E mottó alapján a novum publishing kiadó célja az új kéziratok felkutatása, megjelentetése, és szerzőik hosszútávú segítése. Az 1997-ben alapított, többszörösen kitüntetett kiadó az egyik legjelentősebb, újdonsült szerzőkre specializálódott kiadónak számít többek között Ausztriában, Németországban és Svájcban.

Valamennyi új kézirat rövid időn belül egy ingyenes, kötelezettségek nélküli kiadói véleményezésen esik át.

További információkat a kiadóról és a könyvekről az alábbi oldalon talál:

w w w . n o v u m p u b l i s h i n g . h u